HANS KRUPPA

KAITO

HANS KRUPPA

EIN
POETISCHES MÄRCHEN
VON DER SUCHE
NACH ERFÜLLUNG
UND GLÜCK

HERDER FREIBURG · BASEL · WIEN

n einem Land des fernen Ostens, das seine Bewohner das Reich der aufgehenden Sonne nannten, kam vor langer Zeit ein Junge zur Welt, dem seine Eltern den Namen Kaito gaben.

Er wuchs in dem kleinen Dorf Kuto im Osten des Reiches auf, einer armen, entlegenen Gegend. Dort hatten die Menschen solche Mühe, dem geizigen Boden ihren spärlichen Lebensunterhalt zu entreißen, dass ihnen abends nichts lieber war, als die Beine auszustrecken und sich vom Tagewerk zu erholen, bis die Müdigkeit sie ergriff. So war das Leben, das Kaito als Kind kennen lernte, geprägt vom bloßen Kampf ums Überleben, der fast alle Lebenskraft verzehrte.

Schneller und leichter als die anderen Dorfkinder lernte Kaito laufen, sprechen, die Welt erkunden. Er war meist guter Laune, was ihn im ganzen Dorf beliebt machte. Nur wenn er, wie die anderen Kinder im Dorf, den Eltern bei Arbeiten auf dem Feld, im Garten oder im Haus zur Hand gehen sollte, schien seine immer währende Heiterkeit wie verflogen.

„Alltägliche Arbeit ist nicht deine Sache, mein Junge", sagte seine Mutter dann zuweilen bekümmert. „Sie langweilt dich. Da – du gähnst schon wieder. Was soll nur aus dir werden?"

Kaito zuckte mit den Schultern. Am liebsten wäre er an solchen Tagen in den Wald vor dem Dorf gelaufen. Dort wusste er eine Lichtung, zu der es ihn immer hinzog, wenn er allein sein wollte oder ihn etwas bedrückte. Meist gelang es ihm dort, in der heilsamen Atmosphäre des Waldes, all das zu besänftigen, was ihn quälte: die seltsame Unruhe, die ihn erfüllte und die er nur mühsam vor den anderen verbarg, und die tiefe Sehnsucht nach einem anderen, besseren Leben.

Das ganze Dasein schien im Dorf Kuto allein darin zu bestehen, jahraus, jahrein hart ums tägliche Brot zu kämpfen. Verschwendet schien Kaito das Leben seiner Eltern und Nachbarn, vergeudet an harte Arbeit, an den ständigen Kampf, sich den Hunger vom Leib zu halten. Er wollte nicht so leben. Er fühlte sich am wohlsten auf seiner Waldlichtung oder überall sonst, wo er eine Weile ruhen, in den Himmel schauen und träumen konnte.

Einen Träumer nannte ihn daher der Vater in letzter Zeit immer wieder, obwohl ihm schon der erste helle Flaum auf dem Kinn wuchs, mit einem Tonfall, als habe er die Hoffnung aufgegeben, dass aus ihm je etwas Vernünftiges werden würde.

Bei einer solchen Gelegenheit machte Kaitos Zunge sich selbständig, und er warf seinem Vater freche Worte an den Kopf, für die er sich noch lange schämte: „Vielleicht bin ich ein Träumer. Aber du bist ein Sklave!"

Als er das Gesicht des Vaters wie unter einer Ohrfeige zusammenzucken sah, wurde ihm bewusst, was er gesagt hatte – und er bat reumütig um Verzeihung.

Der Vater schwieg, starrte ihn an. Seine aufgelösten Gesichtszüge schienen nach einem Ausdruck zu suchen, der seiner Verletzung gerecht wurde. Kaito erschrak, als sein Blick, ganz plötzlich hart und ernst, ihn ins Herz traf. Und er ahnte, was der Vater sagen würde.

„Du bist ein Fremder unter uns, und du wirst es immer bleiben! Doch das gibt dir nicht das Recht, deinen Vater einen Sklaven zu nennen, nur weil er sich abplagt, damit du genug zu essen hast."

„Bitte, Vater, verzeih mir, ich wollte dich nicht verletzen!"

Kaitos Vater blickte zu Boden. Er schien einen Kampf mit sich selbst auszutragen. Schließlich sah er auf und sagte: „Auch wenn deine Mutter mich gebeten hat, es noch nicht zu tun, muss ich dir jetzt sagen, was mir über dich klar geworden ist, Kaito. Die meisten Kinder, die bei uns in Kuto geboren werden, folgen dem Beispiel ihrer Eltern und fügen sich in unser mühseliges, aber ehrliches Leben ein. Sie werden älter, bekommen selbst Kinder und halten das Rad des Lebens in Gang. Und dann gibt es manchmal einen wie dich, der zu uns gehört und doch nicht zu uns passt – einen Fremdling von Geburt an! Wir schenkten dir unsere Liebe, doch eingefügt in unser Leben hast du dich nicht. Und du wirst es nie können!"

„Weil euer Leben falsch ist!", brach es aus Kaito hervor. Lang angestaute Gefühle rissen sich los und ließen ihn alle Selbstbeherrschung vergessen.

Der Vater schüttelte ernst und traurig den Kopf. „Es ist nicht falsch, mein Sohn, aber es ist nicht dein Leben. Dein Leben liegt in der Ferne, im Ungewissen. Dieses Land ist weit. Vielleicht findest du anderswo eine Heimat. Vielleicht ist aber auch die Heimatlosigkeit dein Schicksal."

Mit diesen Worten ging der Vater auf Kaito zu und legte die Hände auf seine Schultern. „Am Tag deiner Geburt kam ein wandernder Sterndeuter und Handleser in unser Dorf, Kaito. Ein heiliger Mann, mein Sohn. Wir luden ihn zum Essen ein und ließen ihn die Nacht unter unserem Dach verbringen. Zum Dank für unsere Gastfreundschaft erstellte er am nächsten Morgen dein Horoskop. Ich habe dir nicht eher davon erzählen wollen, um dich nicht in deinen Träumereien zu bestärken. Aber morgen ist dein dreizehnter Geburtstag, und jetzt kann ich es nicht mehr länger zurückhalten."

Kaito spürte die Wärme und Nähe des Vaters und drückte seinen Kopf fest an dessen Schulter. Dann war ihm, als würde eine Welle von Traurigkeit über ihn hinwegfluten, und er hörte seinen Vater leise seufzen.

„Was hat der Sterndeuter gesagt?", flüsterte Kaito voller Neugier auf die Antwort des Vaters – und voller Angst.

„Er hat gesagt, dass du uns und dieses Dorf an deinem dreizehnten Geburtstag verlassen wirst."

Kaito zuckte bei den Worten des Vaters zusammen.

„Ich weiß nicht, ob der Wahrsager damit Recht behält", sagte der Vater leise. „Aber hör jetzt gut zu: Was auch passiert, für dich wird immer ein Platz in unserem Haus sein!"

Unfähig, ein Wort zu sagen, drückte Kaito seinen Vater an sich. Dann ging der Vater wortlos ins Haus zurück.

Kaito stand bewegungslos mit trockener Kehle und starrte auf die Tür, durch die der Vater ins Haus gegangen war. Es war ihm, als habe er sie noch nie so genau betrachtet, die alte Holztür, durch die er so oft ein- und ausgegangen war. Mit ihren Verfärbungen und Rissen sah sie genauso verbraucht, vom Leben abgenutzt aus wie die Menschen in diesem Ort.

Der Wahrsager hatte Recht, und Kaito konnte noch immer nicht fassen, wie sehr er Recht hatte. Denn vor wenigen Tagen, beim Träumen im Wald, hatte er selbst den festen Entschluss gefasst, bald von zu Hause fortzugehen. Und dabei war ihm der Gedanke gekommen, am gleichen Tag das ungeliebte Heimatdorf zu verlassen, an dem er dort erschienen war – an seinem Geburtstag.

Als Kaito am nächsten Morgen die Augen öffnete, fiel sein erster Blick auf die Geschenke, die seine Familie, während er schlief, liebevoll neben seine Schlafmatte gelegt hatte.

Es waren vier Geschenke. Kaito schaute sie lange an. Der Dolch des Vaters, sein größter Schatz, lag dort in der reich verzierten Scheide. Daneben lag ein kleiner, roter Lederbeutel. Kaito nahm ihn in die Hände und öffnete ihn. Seine Augen wurden groß, als er die drei Goldmünzen sah. Das war ja ein Vermögen! Ein Vermögen, das sich die Eltern vom Mund abgespart hatten! Und sie gaben es ihm, obwohl er vielleicht jetzt auf Nimmerwiedersehen von ihnen ging, ohne ihnen die Hoffnung darauf zu lassen, dass er sie in ihrem Alter, wenn sie nicht mehr arbeiten könnten, nach Kräften unterstützen würde.

Die frischen Mangofrüchte stammten bestimmt von seinem Bruder Tunol; denn die nächstliegenden Mangobäume wuchsen einen halben Tagesweg vom Dorf entfernt – und Tunol war gestern den ganzen Tag außer Haus gewesen. Ohne lange zu zögern, ergriff Kaito eine Frucht und biss hinein.

Dann nahm er das letzte Geschenk in die Hand: einen goldenen Ring mit einem roten Stein, der bestimmt sehr wertvoll war. Der älteste Bruder hatte ihn vor einigen Wochen auf einem Weg unweit des Dorfes gefunden, der öfter von geheimnisvollen Reitern und Handelsreisenden gewählt wurde – und auch von hohen Herren und feinen Damen in ihren Sänften, deren bunte, kostbare Kleider und prächtige, reich geschmückte Reittiere von den Kindern des Dorfes mit offenem Mund aus ihren sicheren Verstecken bewundert wurden.

Kaito nahm den Ring und schob ihn auf den Mittelfinger seiner linken Hand. Er passte, als sei er für ihn gemacht. Und kaum dass der Ring fest an seinem Finger saß, war es Kaito, als sei damit alle Langeweile verflogen, als sei alles Zögern und Warten auf ein anderes Leben vorbei.

Mit einem Freudenlaut sprang er auf, kleidete sich so schnell er konnte an und eilte hinaus in den Garten zum Brunnen, um sich das Gesicht zu waschen. Dann rief er nach seinen Eltern und Brüdern, doch niemand antwortete ihm.

Er wollte sich schon aufmachen, nach ihnen zu suchen, als er Danlon, den Witwer und guten Freund der Familie, kommen sah. Danlon trat in seinem grauen, löchrigen Umhang durchs Gartentor auf Kaito zu und lächelte ihn an.

„Weißt du, wo meine Eltern und Brüder sind?", empfing ihn Kaito. „Hast du sie vielleicht gesehen?"

Danlon nickte, und das Lächeln verschwand aus seinem Gesicht.

„Ja, ich habe sie gesehen, Kaito", erklärte er auf seine immer besonnene, ruhige Art. „Heute morgen, nach Sonnenaufgang, kamen sie alle vier in mein Haus und baten mich ..."

„Was baten sie dich?", unterbrach ihn Kaito ungeduldig.

„Nun", sagte Danlon und zwirbelte, nach den richtigen Worten suchend, seinen Bart. „Sie sagten, sie könnten den Abschied von dir nicht ertragen. Vor allem deine Mutter – sie konnte gar nicht sprechen, weil sie immerzu weinen musste. Deine Familie liebt dich sehr, Kaito, auch wenn sie es dir vielleicht nicht immer zeigen konnte!"

Kaito verspürte auf einmal eine innere Einsamkeit, die ihm nicht neu war, ihn aber in ihrer Tiefe und Heftigkeit erschreckte. Nachdenklich senkte er seinen Blick zu Boden – auf die nackten, braunen Füße, die ihn forttragen würden aus seinem kleinen Heimatdorf in ein ungewisses Schicksal. Er atmete tief ein, um die plötzliche Leere und Angst in seinem Inneren zu vertreiben. Er spürte, dass es keine Umkehr mehr gab; er wusste, dass die Zeit gekommen war, den sicheren Hafen seines Elternhauses zu verlassen. Vor ihm lag ein grenzenloses Meer voller Abenteuer, Gefahren, voller Möglichkeiten und Unwägbarkeiten. Und er stand, von einer rätselhaften Sehnsucht getrieben, die nicht mehr zu besänftigen war, in seinem kleinen Boot, das Messer in der Hand, um das Tau zu durchtrennen, das ihn noch immer verband mit seinen Eltern, seinen Brüdern, dem Dorf, mit seiner ganzen Vergangenheit. Und Kaitos Hand zögerte, schreckte zurück vor der Endgültigkeit dieses Schnittes. Er hob den Blick: „Wo sind sie, Danlon?"

Danlon wich Kaitos Blick aus.

„Sind sie bei dir?"

Wieder gab Danlon keine Antwort, doch aus seinem Schweigen spürte Kaito, dass seine Vermutung richtig war. Mit ein paar schnellen Schritten war er an dem Alten vorbei. Er wollte die Eltern und Brüder noch einmal sehen – vielleicht war es das letzte Mal. Doch Danlon stürzte ihm nach, und seine Hand schloss sich fest um Kaitos Unterarm. „Nein, Kaito! Tu das nicht!"

„Warum?", schrie Kaito mit Trotz in der Stimme, obwohl er fühlte, dass Danlon Recht hatte.

„Begreifst du denn nicht", antwortete der Alte, „dass sie dir den Abschied erleichtern wollen! Und sich selbst auch! Glaub mir, es fällt ihnen sehr schwer, sich in meinem Haus wie Diebe zu verstecken. Aber es ist besser so – für euch alle!"

„Meinst du, Danlon?", fragte Kaito mit leiser Stimme. „Muss es so sein?"

Der Alte atmete tief ein.

„Es muss so sein, Kaito, glaube mir. Und jetzt mache dich auf deinen Weg. Ich wünsche dir alles Glück der Erde und des Himmels. Unser aller Segen wird dich begleiten. Mögen die Götter dir zur Seite stehen, wenn du in Not gerätst!"

Kaito legte die Hände zum Abschiedsgruß zusammen und verneigte sein Haupt. Als er wieder aufsah, griff Danlon in die Tasche seines Umhangs und zog einen rotbraunen Stoffbeutel daraus hervor.

„Hier ist noch ein Geschenk für dich, Kaito!", sagte Danlon und gab Kaito den Beutel mit einer ehrfürchtigen Geste in die Hand. „Deine Eltern haben es mir gegeben, damit ich es in deine Hände lege. Sie erhielten es von jenem weisen Sterndeuter, der am Tag deiner Geburt in euer Haus kam. Er trug ihnen auf, es dir bei deinem Abschied von unserem Dorf zu geben."

Voller Neugier öffnete Kaito den Stoffbeutel und zog ein ovales, silbernes Amulett an einer silbernen Kette daraus hervor.

„Oh", rief er voll freudiger Überraschung und betrachtete den kostbaren Glücksbringer mit Ehrfurcht. „Schau, Danlon", sagte er schließlich nach einer Weile, „es scheint hohl zu sein. Hier ist ein kleiner Verschluss!"

Kaito drückte mit einem Fingernagel auf das Amulett, und das Medaillon sprang auf. In einem kleinen Hohlraum lag ein feines, mehrmals zusammengefaltetes Stück Reispapier. Kaito entnahm es behutsam dem Schmuckstück und entfaltete es. Es trug einige Schriftzeichen. Beschämt blickte er zu Boden.

„Ich kann es auch nicht lesen", sagte Danlon, „aber wer weiß, ob es nicht einmal für dich wichtig sein kann. Darum falte den Zettel wieder zusammen, lege ihn an seinen Platz zurück und hänge dir das Amulett um den Hals. Früher oder später wirst du jemanden finden, der die Kunst des Lesens beherrscht – und du wirst wissen, welche Bewandtnis die Schriftzeichen haben!"

Kaito tat, wie der Alte ihn geheißen hatte.

„Was ist das für ein Ding auf dem Amulett?", fragte Kaito und wies mit dem Finger auf die Gravur auf der Vorderseite des Medaillons.

Danlon zuckte mit den Schultern. „Ich weiß nicht", sagte er, „ich würde sagen, es ist ein Stock oder ein Rohr mit Löchern."

Kaito nickte, verneigte sich ein letztes Mal zum Abschiedsgruß und ging ins Haus seiner Kindheit zurück. Dort packte er seine Geschenke und ein paar Habseligkeiten, von denen er sich nicht trennen konnte, in eine Umhängetasche aus weißem Leinen und verließ das kleine Dorf.

Als er auf dem Gipfel des Hügels stand, wo er so manchen Abend gesessen und die Sterne betrachtet hatte, warf er einen letzten Blick auf Kuto. Und plötzlich spürte er eine wilde Freude, die sein Herz laut klopfen ließ. Er war frei! Er konnte gehen, wohin es ihm gefiel.

aito erreichte bald den breiten Weg, auf dem all die Jahre die andere, die neue und verheißungsvolle Welt an ihm vorbeigezogen war, während er ihr von einem sicheren Baumversteck aus sehnsüchtig nachgesehen hatte. Wie oft hatte er sie mit Herzklopfen betrachtet: die reichen, hohen Herren und Damen inmitten prächtig aussehender Geleitzüge, die uniformierten Reiter, deren Säbelscheiden im Sonnenlicht aufblitzten, oder die wilden, gefährlichen Räuberbanden, die voller Ungestüm vorbeigaloppiert waren. In der Geborgenheit seines Verstecks hatte Kaito sich immer in buntesten Farben ausgemalt, wohin die Reiter wohl unterwegs sein mochten, was der geheime Zweck ihrer Reise war, welche Gefahren sie zu überwinden, welche Abenteuer sie zu bestehen hatten. Und jedes Mal, wenn er dann aus seinen Träumereien erwacht war, hatte er quälende Traurigkeit über die Eintönigkeit und Langeweile seines Lebens im Dorf gespürt.

Und jetzt war er mit einem Mal der lähmenden Öde des Dorfes entrückt, jetzt war er plötzlich selbst Teil dieser aufregenden, geheimnisvollen Welt, deren heimlicher Zaungast er bislang nur gewesen war. Endlich hatte er den Zaun überstiegen – und gehörte nun selbst zu dem bunten Reigen prächtiger und mächtiger Reisender, wenngleich es gewiss ratsam war, sich vorsichtshalber dicht am Rand der Reisestraße zu halten, um sich notfalls noch rechtzeitig im Dickicht verstecken zu können. Denn Kaito wusste genug über die Menschen, um sich der Gefahren, die ihm auf seiner Wanderschaft lauerten, bewusst zu sein. Da gab es Räuber, denen er auf keinen Fall in die Arme laufen durfte. Auch vor Soldaten musste er sich hüten, denn manchmal wurden Jungen, die sich zu weit vom Schutz ihres Heimatdorfes entfernt hatten, von Menschenfängern in die Armee des Kaisers verschleppt. Und was war er schon mehr als ein Junge, der ohne Ziel durch eine fremde Welt ging – mit drei Goldmünzen im Lederbeutel und einem Dolch in der Scheide, den er nie zu führen gelernt hatte, einem goldenen Ring am Finger und einem silbernen Amulett an der Brust – eine leichte und lohnende Beute für jeden Halunken und Wegelagerer.

„Du bist erst dreizehn, Kaito", hatte der Vater gestern, nach dem letzten gemeinsamen Abendessen gesagt, „eigentlich noch ein Kind. Aber wir lassen dich ziehen, weil du den Knaben deines Alters weit voraus bist. Du sprichst und denkst wie ein Achtzehnjähriger und wirst hoffentlich jeder Gefahr schon aus dem Weg zu gehen wissen. Und traue keinem Menschen, ehe dir nicht dein Herz ganz sicher sagt, dass er dein Freund ist. Vergiss nicht: Wirkliche Freunde sind selten. Wenn du einen findest, danke den Göttern, denn dies ist ein Glücksfall!"

Kaito sah das Gesicht des Vaters vor sich. In Gedanken an seine Worte war er unwillkürlich stehen geblieben und hatte die Augen geschlossen. Und das bewahrte ihn womöglich vor der unvermeidlichen Entdeckung – denn so hörte er die Pferdehufe noch zeitig genug, um mit schnellen Schritten im Unterholz zu verschwinden, bevor die herangaloppierenden Reiter seiner ansichtig wurden.

Es waren vier Soldaten, in schwarze Uniformen gekleidet, mit schwarzen Turbanen, Säbel und Dolch im Gürtel – ernste, entschlossene Gesichter. Kaitos Herz pochte laut, als die Männer wie Donnergötter an ihm vorbeiflogen. Er war heilfroh, sich rechtzeitig vor ihnen in Sicherheit gebracht zu haben. Wäre er den schwarzen

Kriegern in die Hände gefallen, wäre seine Freiheit vielleicht schon zu Ende gewesen, bevor sie richtig begonnen hatte.

Als er sich von seinem Schreck erholt hatte, setzte er vorsichtig, so oft er konnte die Deckung von Büschen und Bäumen ausnutzend, seinen Weg in die neue Welt fort. Eine Stunde oder zwei mochte er so gegangen sein, als er seiner Vorsicht überdrüssig wurde. „Was bin ich nur für ein Feigling", klagte er sich laut an, „wie ein Verbrecher in die große, bunte Welt zu schleichen, anstatt sie stolz und frei zu betreten – wie es sich für jemanden gehört, der drei Goldstücke bei sich hat und einen goldenen Ring und ein geheimnisvolles Medaillon mit einem noch geheimnisvolleren Zettel darin!"

Aufrecht wie ein Krieger schritt Kaito darauf in der Mitte des Weges einher. „Kommt nur, ihr Räubergesindel, ihr Diebespack", rief er mit erhobener Faust, „ich werde es euch schon zeigen!"

Ein wieherndes Lachen riss Kaito aus seinen stolzen Phantasien. Wie ein aufgeschreckter Hase verschwand er mit flinken Sprüngen im nächsten Gebüsch, worauf das schamlose Lachen noch lauter wurde. Es schien fast, als hätte jemand in seiner Nähe einen regelrechten Lachanfall – und Kaito merkte sehr wohl, dass dieses überschäumende Gelächter die Antwort auf seine kühnen Selbstgespräche war. Er hatte Angst und schämte sich zugleich seiner vollmundigen Worte, und so blieb er bewegungslos in einem dichten Busch hocken. Schließlich hatte der Fremde sich beruhigt, und es war eine Weile still, als würde der Mann überlegen.

Dann plötzlich hörte Kaito seine Stimme, tief, etwas rau, aber sehr warm und nicht ohne Schalk: „O großer Held des Mundes, verschone mich, ich bin nur ein armer unschuldiger Sünder, der noch ein bisschen leben möchte. Dein Gold will ich nicht, hab selber wel-

ches, dein Ring ist wirklich hübsch, und dein Schritt ist sehr entschlossen – aber trotzdem lass dir raten, nicht weiter mitten auf der Straße zu gehen. Nicht alle sind nämlich so nett wie ich!"
Mit diesen Worten kam die Stimme näher, bis es Kaito so war, als stünde der Mann ganz dicht bei seinem Versteck. Sein Herz pochte noch immer laut und schnell, die panische Angst aber war bei den Worten und dem Klang der Stimme des Fremden nach und nach von ihm gewichen.

Kaito biss sich auf die Unterlippe. ‚Wenn einer freundlich zu dir redet', hatte der Vater gestern Abend gesagt, ‚heißt das noch lange nicht, dass er dir auch freundlich gesinnt ist!'

Der Fremde war stehen geblieben. Dann sagte er: „Also gut, junger Freund! Ich sehe, ich muss in einer anderen Sprache zu dir reden, um dich aus deinem Versteck zu locken!"

Im nächsten Moment erklang ein Ton, der Kaito durch und durch ging – und sein Herz begann wieder schneller zu schlagen, aber jetzt nicht aus Angst, sondern vor schierer Erregung. Was war das gewesen? Wie schön es war! So etwas hatte er noch nie in seinem Leben gehört. Da kam es wieder – und dann noch mal. Und dann viele Töne auf einmal, die sich gegenseitig umschmeichelten!

Der Fremde entfaltete ein solches Zauberspiel von Klängen und Tönen, dass Kaito in seinem Innersten bewegt wurde.

Es fiel ihm schwerer und schwerer, in seinem Gebüsch still zu halten. Immer stärker brannte in ihm die Sehnsucht, den Zaubergegenstand zu sehen, dem der Fremde solche herrlichen Klänge entlockte.

Er schob vorsichtig einen Ast beiseite – und sein Blick fiel auf das Gesicht des Mannes.

Ein jugendliches Gesicht, freundlich und vertrauenerweckend. Kaitos Blick wanderte tiefer. Um seine Schulter trug der Fremde einen breiten, bunt bestickten Gurt, und daran hing etwas, das Kaito noch nie gesehen hatte. Daraus kamen die Klänge, aus diesem ovalen Ding mit einem runden Loch in der Mitte und einem lustig herausragenden, geraden Brett mit silbernen, dünnen Schnüren, auf denen die Finger des Fremden hin und her fuhren und dabei die wunderbaren Klänge erzeugten.

Ehe Kaito sich über sein plötzliches Zutrauen wundern konnte, war er aus dem Busch gekrochen und stand ein paar Schritte vor dem Fremden. Gebannt starrte er mal dessen Gesicht, mal das wundersame Gerät vor seinem Bauch, mal die schlanken, feingliedrigen Hände an, die sich schnell und geschickt auf und ab und hin und her bewegten.

Der Fremde nickte ihm freundlich zu, ohne sich von seinem Erscheinen in seinem zauberhaften Spiel stören zu lassen, und Kaito war ihm dankbar dafür. Am liebsten hätte er bis zum Sonnenuntergang so gestanden und gelauscht und geschaut, immer weiter, ohne Ende.

Schließlich ließ der Fremde einen sehr warmen und schönen Klang langsam enden und nahm die Hände von dem Ding, das anscheinend aus Holz bestand und mit eingelegtem Perlmutt so schön verziert war, dass es fast ebenso herrlich anzusehen war, wie es klang.

Bitte, bitte, mach weiter damit, baten Kaitos Augen, als die Blicke der beiden sich trafen.

„Es scheint", sagte der Fremde mit ruhiger Stimme, die Kaito immer mehr Vertrauen einflößte, „als hätte ich einen neuen Verehrer meiner Kunst gefunden." Dann verbeugte er sich in vollendeter Manier, jedoch mit einem schelmischen Grinsen, und sagte in feierlichem Tonfall: „Darf ich uns vorstellen? Dies ist meine Katuka – ein wunderschönes Instrument, nicht wahr? Und zugleich meine beste Freundin. Ja, schau sie nur an, sie ist wirklich etwas Besonderes, gefertigt von Tandon, dem besten Katuka-Bauer weit und breit. Und weiter oben, das bin ich, junger Mann. Gutadeso ist mein Name, wandernder Musikant und Straßensänger!"

Nach dieser Vorstellung beendete Gutadeso seine Verbeugung und schaute Kaito erwartungsvoll in die Augen.

„Und ich bin Kaito", sagte dieser schließlich, wobei er verlegen seine Finger knetete. „Dies ist mein Amulett", fuhr er, mutiger werdend, fort. „Auch schön, nicht wahr? An dem Tag, als ich geboren wurde, kam ein heiliger Mann in unser kleines Dorf und gab es meinen Eltern. Er sagte, dass ich an meinem dreizehnten Geburtstag mein Heimatdorf verlassen würde und dass sie mir dann das Amulett mit auf den Weg geben sollten!"

Gutadeso blickte Kaito aufmerksam von oben bis unten an. „An deinem dreizehnten Geburtstag?", fragte er schließlich. „Und wann war dein dreizehnter Geburtstag?"

„Er ist heute!"

Gutadeso lachte. „Wunderbar! Das nenn ich einen Grund zu feiern. Aber zunächst einmal herzlichen Glückwunsch, Kaito! Möge dein Leben immer unter einem so guten Stern stehen wie heute, wo du mir begegnet bist!", sagte er augenzwinkernd.

„Erlaube mir, liebes Geburtstagskind, dir ein kleines Lied zum Geschenk zu machen!" Und sogleich begann Gutadeso zu spielen und zu singen:

„Ich wünsch dir Glück
auf deinen Wegen!
Götter – gebt ihm
euren Segen!

Was unser Leben
lebenswert macht,
sei dir erreichbar
in ganzer Pracht.

Eine tiefe Seele,
ein klarer Verstand
und soviel Freude
wie Muscheln am Strand.

Und gute Musik
jahrein und jahraus,
denn die nährt die Seele
und bringt Glück dir ins Haus."

Kaito war wie verzaubert, als Gutadeso sein kleines Lied beendet hatte.
Eine Weile standen sich die beiden gegenüber. Dann sagte Gutadeso: „Dreizehn Jahre bist du, aber du hast nicht die Augen eines Kindes."
„Es heißt, ich sei meinem Alter voraus", gab Kaito zur Antwort.
Gutadeso lachte: „Ich glaube, wir kommen uns näher! Meine Eltern meinten immer, ich sei hinter meinem Alter zurückgeblieben!

Du bist dreizehn, ich bin sechsundzwanzig, du bist deinem Alter voraus, ich hinke meinem hinterher! Also treffen wir uns genau in der Mitte, im himmlischen Alter von neunzehneinhalb Jahren!"

Kaito lachte. All sein Misstrauen war verflogen, und er beglückwünschte sich dazu, gerade Gutadeso als allerersten Menschen in seinem neuen Leben kennen gelernt zu haben.

„Gutadeso", sagte Kaito, „das ist schon ein lustiger Name."

„Meine Freunde nennen mich Guta, das geht schneller."

„Darf ich dich auch so nennen?"

Gutadeso nickte.

Kaitos Herz schlug höher. Er schenkte dem Katuka-Spieler ein Lächeln und brachte nach einiger Überwindung seinen Wunsch über die Lippen: „Bitte spiel doch noch einmal auf deiner Katuka. Ich hab so was noch nie gehört."

Gutadeso schüttelte lachend den Kopf und erfüllte Kaitos Wunsch. Er spielte so lange, bis ihm Kaitos Hunger fürs erste gestillt schien. Dann wickelte er seine Katuka in die Schutztasche aus rotem Leinen. „Später mehr", sagte der Musiker. „Nun lass uns weitergehen! Zuvor aber lass deinen Ring unter der Kleidung verschwinden! Und auch das silberne Amulett. Du musst so arm aussehen, dass jeder Schurke Angst bekommt, sich die Hände schmutzig zu machen, wenn er dich anfasst. Was ist da eigentlich drauf, auf deinem Amulett?"

„Ein Stock mit Löchern", sagte Kaito.

„Was? Ein Stock mit Löchern?", rief Gutadeso ungläubig. „Das muss ich sehen!" Er ging auf Kaito zu und beugte sich vor, um die Gravur auf dem Amulett besser erkennen zu können. Im nächsten Moment brach er in schallendes Gelächter aus. „Ein Stock mit

Löchern! Ein Stock mit Löchern! Beim Gesang der Götter! Das ist kein Stock, sondern eine Flöte! Und zwar die erhabenste aller Flöten, die Bambusflöte, die Shakuhachi. Ein wunderschönes Instrument, ich wollte, ich könnte es spielen!"
„Du spielst doch die Katuka so wunderbar", gab Kaito zurück.
„Man kann das Amulett öffnen", fuhr er dann fort. „Es ist ein Zettel mit Schriftzeichen darin!"
„Ho! Wie aufregend!", rief Gutadeso. „Und was steht drauf?"
Kaito zog das Amulett über den Kopf und gab es Gutadeso mit den Worten in die Hand: „Mach es auf und sag es mir!"
Gutadeso erfüllte Kaitos Wunsch und las:

„Bringe dieses Medaillon
zu Togana.
Er wird dich
reich dafür belohnen."

Kaito zog die Stirn in Falten. Dann fiel ihm die Veränderung in Gutadesos Miene auf. „Warum schaust du mich so an, Guta?"
„Weißt du, wer Togana ist?" Kaito schüttelte den Kopf.
„Togana ist der größte Lehrer der Bambusflöte, der Shakuhachi! Der größte in diesem großen Land! Alle Flötisten, und es gibt Tausende und Abertausende, sie alle hätten ihn gern als Lehrer! Doch er nimmt immer nur einen einzigen Schüler auf, dem er sich mit ganzer Kraft widmet. Sein Unterricht ist ungewöhnlich und manchmal rätselhaft. Viele Schüler sind seinen Ansprüchen nicht gewachsen. Die schickt er schnell nach Hause zurück. Er vereinbart mit jedem, den er als Schüler annimmt, eine Probezeit von drei Monaten. Der Stu-

dent wohnt in der Nähe des Meisters. Nach diesem Vierteljahr sagt Togana ihm, ob er ihn weiterhin als Schüler behält oder nicht. Und auch der Student kann gehen, wenn er nach der Probezeit nicht mehr will. Wenn beide, der Lehrer und der Schüler, zusammen weitermachen wollen, wird Togana alles in seiner Macht Stehende daransetzen, aus ihm einen Meister der Bambusflöte zu machen. Als Gegenleistung erwartet er von seinem Schüler Begabung, Geduld, Lernfähigkeit, Begeisterung und Hingabe. Und mehr! Die meisten seiner Schüler überstehen nicht einmal die Hälfte der Probezeit."

Kaito schaute Gutadeso Rat suchend an. „Ich verstehe das alles nicht."

„Wieso?", entgegnete Guta. „Es ist doch alles ganz klar. Wir gehen zu Togana, bringen ihm das Amulett – und du lässt dich reich belohnen. Ich weiß ungefähr, wo sein Haus steht. Es ist nicht allzu weit von hier. In zwei Wochen sind wir dort, wenn wir nicht fußfaul sind. Bist du gut zu Fuß?"

Kaito zuckte mit den Achseln. „Ich bin noch nie lange unterwegs gewesen."

„Aber zu Togana gehen möchtest du schon?"

Kaito nickte.

„Ich würde es an deiner Stelle auch tun", sagte Gutadeso. „Sicherlich gibt dir Togana einen hohen Finderlohn. Er ist ein wohlhabender Mann. Ich führe dich gern zu ihm. Unter uns Musikern kursiert manche erstaunliche Geschichte über Togana, und ich wollte ihm schon immer einmal von Angesicht zu Angesicht gegenüberstehen. Und jetzt habe ich einen guten Grund, ihn aufzusuchen!"

Kaito lächelte. Er war kaum ein paar Stunden unterwegs, und schon hatte er einen Freund und ein erstes verheißungsvolles Ziel seiner Reise gefunden. Die Langeweile, die ihn in Kuto so oft geplagt hatte, war wie vom Erdboden verschwunden. Wohin seine Blicke auch schweiften, schien das Leben ihn freudig zu begrüßen.

„Ich bin froh, dass wir uns begegnet sind", sagte Kaito.

„Ich auch, junger Freund! Wir haben das gleiche Ziel, und zu zweit reist es sich besser. Ich werde dich wohlbehalten zu Togana bringen, beim Gesang der Götter! Allein schon, weil ich zu gern wüsste, was es mit dem Amulett wirklich auf sich hat. Außerdem liegt Toganas Haus auf meinem Weg."

„Und unterwegs spielst du immer wieder auf deiner Katuka?"

Gutadeso nickte. „Und wenn ich in einem Ort vor Menschen spiele, nimmst du meine Geldschale und gehst damit unter den Zuhörern herum. Bisher habe ich sie immer vor mir auf den Boden gestellt. Aber die Leute geben mehr, wenn einer auf sie zugeht."

Kaito nickte.

„Nicht allzu weit von hier ist ein Dorf. Wenn wir es noch vor Anbruch der Dunkelheit erreichen wollen, müssen wir uns sputen", sagte Gutadeso und hängte sich die Tasche mit der Katuka über die Schulter. „Ich schlafe ungern im Wald – wegen der Tiger."

„Ja, lass uns weitergehen", sagte Kaito.

„Und bitte nimm deinen Ring und das Amulett ab und versteck alles gut!"

Kaito befolgte Gutadesos Ratschlag und legte Ring und Amulett zu den drei Goldstücken in den Lederbeutel, den er um seinen Hals trug. „Wir gehen lieber einen Trampelpfad", erklärte Gutadeso. „Die große Straße ist nicht ungefährlich." Kaito stand auf.

„Also dann, Geburtstagskind! Ich wünsche dir eine glückliche Reise – um so mehr, als ich dein Begleiter bin."

Lado saß auf einem Sitzkissen vor seiner kleinen Wirtsstube, wo sich die Menschen des Dorfes gern zu einem kurzen Plausch trafen oder Durchreisende sich bei Tee, Pflaumenwein, kleinen Leckereien und einer guten Wasserpfeife von der Mühsal des Weges erholten.

Im letzten Licht der untergehenden Sonne sah er zwei Fremde auf der Straße näherkommen, die nach Batago führte, wo Lado seit seiner Geburt lebte und wahrscheinlich auch sterben würde. Seine Augen wurden größer, sein Blick wirkte wacher, als die beiden Fremden so nahe waren, dass er ihre Gesichter erkannte.

Der Große schien um die fünfundzwanzig Jahre alt zu sein. Seine recht wilden Gesichtszüge, umrahmt von langen, krausen Haaren, erweckten den Eindruck eines verwegenen und zugleich freundlichen Mannes – von der Sorte, die es bei den Frauen leicht hat, wie Lado schnell erkannte. Zu diesem Eindruck des verwegenen Frauenhelden passte allerdings der ärmlich gekleidete Junge an seiner Seite überhaupt nicht. Vielleicht war er sein kleiner Bruder? Und was der Große da über seiner Schulter trug, sah ganz so aus wie eine Katuka! Also ein Wandermusiker mit seinem kleinen Bruder?

An diesem Punkt seiner Gedanken hatten die beiden Ankömmlinge Lado erreicht.

„Ist dies eine Wirtsstube?", fragte der Große und wies auf den Eingang.

„Ja. Und ich bin der Wirt! Seid willkommen!"

„Wir haben einen langen Weg hinter uns und würden gern essen und trinken."

Lado nickte und stand auf. „Ich kann euch Kräutertee anbieten, gebackenes Gemüse, frisches Obst, Brot, Pflaumenwein, Gebäck und eine Wasserpfeife, wenn ihr wollt."

Ein breites Lächeln erschien auf dem Gesicht des Fremden. „Bring uns von allem so viel, dass es für zwei hungrige Bäuche langt. Und die Wasserpfeife zum Nachtisch!"

Lado nickte. „Wollt ihr es euch bitte so lange auf den Sitzkissen hier gemütlich machen? Ich bring euch alles heraus", erklärte der Wirt und verschwand in der Wirtsstube.

Behaglich seufzend ließ Gutadeso sich auf eins der bequemen Sitzkissen sinken und streckte Arme und Beine aus, wobei er herzhaft gähnte. Dann nahm er die Katuka von der Schulter und legte sie vorsichtig neben sich auf den Boden. „Darf ich dich heute Abend zum Essen einladen, Kaito?"

Kaito schaute überrascht auf.

„Na, schließlich hast du Geburtstag heute, und den sollten wir mit einem guten Essen gründlich feiern!"

„Danke", murmelte Kaito verlegen und dachte, dass der Vater die Menschen der Welt vielleicht etwas zu schlecht gezeichnet hatte. Seine Beine waren schwer von der langen Wanderung, und sein Magen knurrte nicht weniger laut als der seines Begleiters. Aber er fühlte sich wohl wie nie zuvor. Wie weggewischt schienen der Missmut und die Betrübtheit, die sich in den letzten Monaten immer häufiger über seine Heiterkeit und Lebensfreude gelegt hatten – so dass sich schon manch einer in Kuto gefragt hatte, was mit dem sonst so unbeschwerten Kaito geschehen sei. Er selbst hatte, wenn jemand ihn darauf ansprach, nur mit den Schultern gezuckt. Jetzt hätte er allen die richtige Antwort geben können: Quälendes Fernweh hatte ihn geplagt, eine unwiderstehliche Sehnsucht nach etwas, das er in Kuto nie hätte finden können.

Lado erschien mit einem Tablett. Er stellte den Tee auf den Tisch und trug nach und nach die angekündigten Speisen und Leckerbissen auf. Kaito und Gutadeso ließen sich das köstliche Mahl schmecken, bis ihr Hunger gestillt und einer wohligen Zufriedenheit gewichen war. Daraufhin brachte Lado eine prachtvolle Wasserpfeife herbei und stellte sie vor Gutadeso hin, der sie mit anerkennender Miene in Empfang nahm.

„Ich habe ein frisches Mundstück aufgesetzt und den besten Tabak eingefüllt. Lass ihn dir gut munden, Fremder!"

„Das werde ich tun", entgegnete Gutadeso mit schelmischem Lächeln. „Und ich werde noch etwas tun, Wirt. Als wir hier ankamen, warst du für uns ein Fremder, so wie wir für dich. Aber du hast uns ein vorzügliches Abendmahl bereitet, und das macht dich schon fast zu einem guten Bekannten."

Gutadeso hielt einen Augenblick inne, dann griff er zu seiner Katuka und fuhr fort: „Jetzt will auch ich dir ein paar Kostproben meiner Kunst geben, als Nachtisch für Ohren und Herz sozusagen – damit auch wir dir nicht länger Fremde sind."

Während Gutadeso das Instrument auspackte, blickte Kaito in die Dämmerung, die sich über das Dorf gesenkt hatte. Mit einem Mal durchzuckte es ihn wie ein Blitz, und sein Herz schien auszusetzen. Auf dem Weg vor Lados Stube stand ein Mädchen in einem schwarzen, mit bunten Stickereien verzierten Kleid, dessen Kommen niemand bemerkt hatte. Das Mädchen war schön. Sie lächelte Kaito etwas scheu und doch ganz natürlich an, und er erwiderte ihr Lächeln. Unwillkürlich legte sich seine Hand aufs Herz, und da schlug es wieder, heftiger und schneller als zuvor. Kaito atmete erleichtert ein, ohne den Blick von dem Gesicht des Mädchens abzuwenden, das etwa in seinem Alter sein mochte. Sie hatte ein ebenmäßiges, schmales Gesicht mit vollen Lippen und dunklen Augen, deren Blicke tief in Kaitos Gefühl eintauchten und ihn auf dem Grund seines Wesens berührten. Noch nie in seinem Leben hatte er ein solches Gesicht, solch offene und leuchtende Augen gesehen. Am liebsten wäre er stundenlang so sitzen geblieben, Blick in Blick mit diesem Mädchen. Es war ein wunderschönes Gefühl.

„Nun", sagte Gutadeso, „gibt es den versprochenen musikalischen Nachtisch!"

Weit entfernt, ganz am Rande von Kaitos Bewusstsein, erklang Gutadesos Stimme. Lado klatschte vor Freude in die Hände. Kaito empfand es als ein seltsames, aufdringliches Geräusch.

„Warte", sagte Lado. „Bevor du mit deinem Spiel anfängst, lass mich zwei Öllampen auf die Tische stellen und meinen Nachbarn Bescheid sagen. Sie hören, wie ich, für ihr Leben gern gute Musik – und du siehst nicht wie ein Anfänger aus. Weißt du, es ist schon lange her, dass ein Wandermusikant unser Dorf mit seiner Kunst beglückt hat. Wir wohnen hier am Rand der Welt! Ich gehe jetzt meine Nachbarn und Freunde holen. Du kannst inzwischen deine Katuka schon stimmen."

Gutadeso nickte dem forteilenden Wirt nach. Dann fiel sein Blick auf Kaito. „He, Kaito! Träumst du?" Kaito schien die Frage nicht gehört zu haben. Gutadeso war im Begriff, sie etwas lauter zu wiederholen, als er, Kaitos Blickrichtung folgend, das Mädchen bemerkte, das wie angewurzelt im Halbdunkel des grasüberwucherten Dorfweges stand und Kaito selbstvergessen anschaute. Der Musiker zog seine buschigen Augenbrauen hoch, blickte Kaito, dann wieder das Mädchen an – und musste lächeln. Kaito aber und das Mädchen hörten nicht auf, sich anzuschauen, als seien sie allein auf der Welt.

Kaito war es, als sei die Zeit stehen geblieben und alles um ihn herum in Bedeutungslosigkeit versunken – bis auf die kleine, zarte Gestalt mit dem wunderhübschen Gesicht. Je länger er es ansah, desto mehr hatte er das Gefühl, dieses Mädchen schon lange zu kennen – obwohl er ihm zweifellos zum allerersten Mal in seinem Leben begegnete. In diesen magischen Augenblicken öffneten sich geheime Türen zu Kaitos Seele, und er nahm das Bild des Mädchens und die Gefühle, die ihr unbeirrbares Schauen ihm schenkte, tief in sich auf. Und es schien ihm, als ginge es dem Mädchen ganz genauso.

Wie heißt du? Wo wohnst du? Wie alt bist du? Solche Fragen, die am Anfang noch flüchtig durch Kaitos Bewusstsein gezogen waren, waren nun einer Stille, einem zarten Schauen und Lauschen gewichen, in das die fröhlichen Stimmen des Gastwirts und seiner Begleiter wie Klänge aus einer fremden und lauten Welt einbrachen, ohne indes den Zauber verscheuchen zu können.

„He, Katuka-Mann, ich bringe meine Freunde und Nachbarn und ihre Kinder. Sie wollen dich alle hören. Ich werde dich nicht mit den Namen meiner Freunde langweilen, alle sind Liebhaber der Musik – und in dieser Hinsicht meistens schlecht versorgt. So stille den Hunger ihrer Herzen, wie ich den Hunger deines Magens befriedigt habe!"

„Ob ich das so gut kann wie du", gab Gutadeso zurück, „steht noch dahin, denn du bist ein vorzüglicher Koch. Aber mit deinem köstlichen Essen in mir müsste eigentlich gute Musik aus mir herausströmen."

Die Ankömmlinge warfen Gutadeso ermutigende und gespannte Blicke zu. Er hängte sich die Katuka um die Schulter, und als er mit dem Stimmen begann, wurde es mucksmäuschenstill. Die Dorfbewohner – inzwischen waren noch weitere hinzugekommen – setzten sich ins Gras vor Lados Wirtsstube. Das Licht der Öllampen auf den runden Holztischen reichte kaum, ihre Gesichter zu erhellen. So spürte Gutadeso mehr, als er sah, dass er an diesem Abend ein wunderbares Publikum haben würde, das bereit war, seine Musik aufzunehmen wie ein trockener Garten den Regen.

Während er die Saiten der Katuka stimmte, schaute Gutadeso kurz zu Kaito hinüber, der immer noch bewegungslos auf dem Sitzkissen neben ihm saß. Kaitos Blick war auf den Boden gesenkt, als wolle er nicht, dass die Dorfbewohner erkannten, was zwischen ihm und dem Mädchen geschah, das sich, dem Beispiel der anderen folgend, ins Gras gesetzt hatte.

Erst als Gutadeso noch einen Schluck Tee getrunken hatte und mit seinem Spiel begann, wagte Kaito langsam wieder in die Richtung des Mädchengesichtes zu sehen. Voller Erleichterung und Freude erkannte er, dass auch sie im gleichen Augenblick – als hätten sie es so abgesprochen – ihm ihren Blick entgegensandte. Und irgendwo im Raum zwischen ihnen schien plötzlich ein Leuchten, ein weißes, flackerndes Licht zu strahlen, das nicht das Licht der Öllampen und nicht das Licht des Mondes war.

Gutadeso beendete gerade seine erste musikalische Kostprobe: ein Katuka-Stück, das klar und heiter wie eine Quelle aus seinem Instrument sprudelte und sich mehr und mehr zu einem wilden, reißenden Gebirgsbach aus Klängen, Tönen und Rhythmen entwickelte, der die Zuhörer atemlos machte und mit sich riss.

Verbeugungen andeutend, nahm Gutadeso lächelnd den begeisterten Applaus seines Publikums entgegen, stimmte noch einmal die Katuka nach und wandte sich schließlich an die Menschen vor ihm, zu denen sich unauffällig immer mehr Dazukommende gesellten: „Mein Name ist Gutadeso. Ich bin Wandermusikant, und das ist meine geliebte Katuka. Da dies ein sehr schöner Abend ist, und weil ihr wunderbare Zuhörer seid, will ich euch einige selbst geschriebene Lieder vortragen."

Gespanntes Schweigen folgte Gutadesos Worten. Seine Zuhörer, die anscheinend nur sehr selten in den Genuss guter Musik kamen, fieberten seinem Spiel mit allen Fasern ihres Wesens entgegen. Eine solche Atmosphäre brauchte der Musiker, um sein Allerbestes geben zu können.

„Mein erstes Lied heißt ‚Geheimnis'", sagte Gutadeso und begann mit seinem Spiel. Seine Stimme schien ungreifbar, mal weich, mal rau, aber immer voller Leben, als er sang:

„Es fiel ein Stern vom Himmel
auf diese unsre Welt,
und er hat dir,
weil du ihn sahst,
ein Geheimnis erzählt.

Ein Geheimnis ohne Worte –
wie ein Duft in der Nacht,
der dich sehnsüchtig macht.
Du atmest ihn ein –
und sein Zauber ist dein.

So brichst du auf
und suchst nach dem Ort,
wo der Stern die Welt berührte.
Und du findest einen Menschen,
der dein Kommen spürte.

Er begrüßt dich wie ein Freund,
kennt deine Sehnsucht, deine Angst.
Schaut tief und klar in dich hinein
und sagt: Da bist du ja!
Und reicht dir seine Hand."

Das Schweigen nach Gutadesos Lied war voller Gefühl, das die Menschen nicht durch Applaus stören wollten. Die sehnsüchtige Melodie, die geheimnisvoll ihren Ton wechselnde Stimme des Sängers und seine rätselhaften Worte hatten etwas in ihrem Inneren zum Schwingen gebracht, das in ihrem alltäglichen Leben nicht berührt wurde. Und was die Menschen ihm nicht mit Worten sagen konnten, dankten sie ihm mit strahlenden Augen und lächelnden Gesichtern.

Gutadeso atmete tief ein, warf einen kurzen Blick auf Kaito und begann sein nächstes Lied. Der Musiker schloss die Augen, um sich noch besser auf sein Spiel konzentrieren zu können.

So sah er nicht, dass Kaito sich nach kurzem Zögern ein Herz fasste, geräuschlos aufstand und sich – mit wenigen geschmeidigen Schritten – wortlos neben das Mädchen im schwarzen Kleid ins Gras setze. Dabei verspürte er eine solche Aufregung, dass ihm die Worte und die Melodie des neuen Liedes entgingen, aber dafür saß er jetzt ganz nah neben ihr, spürte die Wärme ihres Körpers, roch den Duft ihres langen, schwarzen Haars, sah die Konturen ihres Gesichts im Lampenschein, wenn er ein wenig den Kopf zur Seite drehte. Sie wirkte auf einmal scheu, als habe Kaitos Entschluss, sich neben sie zu setzen, das unsichtbare Band zwischen ihnen durchtrennt.

Bange Momente lang fürchtete er, vielleicht einen Fehler begangen, vielleicht den unerklärlichen Zauber leichtfertig zerstört zu haben. Da spürte er die zarten Finger des Mädchens an seiner linken Hand, scheu und zutraulich zugleich.

Er hielt den Atem an, und dann antwortete er mit ebenso leisen, behutsamen Bewegungen seiner Hand, bis ihre beiden Hände unbemerkt von den Menschen ringsum ein sanftes, zärtliches Spiel miteinander begannen.

Kaitos Brust wurde immer enger, und vor seinen Augen tanzten kleine, weiße Punkte, als er spürte, wie die schlanken, liebevollen Finger des Mädchens langsam tastend seinen Unterarm hinaufwanderten. Diese Berührung tat so gut wie nie etwas zuvor in seinem Leben, und Kaito musste sich mit aller Gewalt beherrschen, um nicht vor Freude laut aufzustöhnen.

„Ihr seid vortreffliche Zuhörer! Es macht mir Freude, für euch zu spielen", hörte er Gutadesos Stimme und schämte sich ein wenig darüber, dass er bislang alles andere als ein vortrefflicher Zuhörer gewesen war, obwohl er doch Gutadesos Musik so sehr liebte.

„Mein nächstes Lied ist eins meiner Lieblingsstücke", fuhr der Sänger fort. „Stört euch nicht an dem seltsamen Text, ich finde manchmal keine klaren Worte für meine Gefühle. Versucht, es mit dem Herzen zu verstehen. Es heißt ‚Karussell'."

Und Gutadeso sang:

„Ich kam zurück von einer Reise
und fand den Weg nach Haus nicht mehr.
Wo ich auch hinkam: fremde Menschen –
und ich war irgendwer.

Ich war der Mond, ich war die Sonne,
ich war die Wüste und das Meer.
Ich suchte Wahrheit, fand soviel Lüge.
Das Allereinfachste schien schwer.

Ich wollte strahlen wie die Sterne.
Ich suchte Schönheit und fand Schein.
Ich fragte Bäume, ob ich lerne,
so gut und stark wie sie zu sein.

Ich hab geträumt, ich hab gehandelt,
ich hatte Pech, ich hatte Glück.
Ich hab mich immerzu verwandelt
und wusste nie den Weg zurück.

Ein Karussell, tausend Gesichter –
sie alle drehen sich im Kreis.
Du schaust eins an, schon kommt das nächste –
so sieht es in mir aus, ich weiß."

Als Gutadeso mit feurig gespielten Schlussakkorden sein Lied beendet hatte, konnten die Dorfbewohner ihre Gefühle nicht mehr zurückhalten. Das ebenso temperamentvolle wie melancholisch-rätselhafte Stück hatte ihre Gemüter überwältigt. Gutadeso fühlte sich von einer Woge der Anerkennung, Dankbarkeit und Begeisterung umspült. Rufe, lobende Worte und freudiges Händeklatschen verwöhnten den Musiker. Er schloss die Augen und atmete den Beifall wie gute, frische Luft tief in seine Seele ein. Momente wie dieser waren der heiß ersehnte Lohn für die vielen, vielen Stunden, in denen er an der Verbesserung seiner Kunst gearbeitet hatte, an der Vervollkommnung seines Katuka-Spiels, an der Steigerung seiner stimmlichen Ausdrucksmöglichkeiten. Momente wie dieser waren Balsam für Herz und Seele, wichtiger als eine Schale voller Geldstücke, und Gutadeso genoss sie stets in vollen Zügen.

Als er seine Augen öffnete, stellte er fest, dass Kaito nicht mehr neben ihm saß. Auch unter den Zuhörern, deren Zahl inzwischen an die fünfzig herangewachsen sein mochte, konnte er ihn nicht entdecken; allerdings auch nicht das Mädchen, in das Kaito sich anscheinend verliebt hatte – ein Ereignis, das Gutadeso ein breites Lächeln ins Gesicht legte.

„Ich kann es nur wiederholen: Ihr seid ein wunderbares Publikum, und wenn ich bei jedem Konzert solche Zuhörer hätte, wäre ich ein glücklicherer Musiker. Ich spiele euch gern noch ein paar Lieder!"

Stürmischer Applaus folgte seinen Worten, und während der Wandermusikant sein nächstes Lied eröffnete, gingen Kaito und das Mädchen, die sich während des Beifallssturms unauffällig von den anderen gelöst hatten, in schweigendem Einverständnis auf eine Gruppe blühender Jasminsträucher zu, die den kleinen Obst- und

Gemüsegarten hinter Lados Wirtshaus begrenzten. Sie setzten sich ins hohe Gras und atmeten den berauschenden Jasminduft. Der Gesang und das Spiel Gutadesos waren hier nur noch schwach zu hören und verbanden sich auf seltsam harmonische Art mit den Geräuschen der Tiere und dem sanften Flüstern des Windes in den Sträuchern. Der Vollmond spendete nur wenig Licht, gerade genug, um die Konturen der Umgebung erkennen zu können. Kaito und das Mädchen saßen sich mit gekreuzten Beinen schweigend gegenüber, sie seinem und er ihrem Atem lauschend. Sie sahen von ihren Körpern nur die Umrisse, konnten den Ausdruck ihrer Gesichter und Augen nur erahnen, erspüren. Kaito war darüber nicht traurig – im Gegenteil. Er hatte das Gefühl, dass seine Begleiterin im Schutz der Dunkelheit innerlich noch näher an ihn herangerückt war als vor Lados Gaststube. Diese innere Nähe, die er aus ganzem Herzen erwiderte, machte ihn glücklich, wie er es noch nie gewesen war. Überschäumende Freude stieg in ihm auf, suchte einen Weg ins Freie – und ehe er wusste, was er tat, hatte er sich vorgebeugt und dem Mädchen einen zarten Kuss auf die Stirn gegeben. Ein wenig erschrocken über sich selbst, zog er sich wieder zurück – und fragte sich ängstlich, ob das Mädchen jetzt aufstehen und weglaufen würde. Aber es blieb sitzen, rührte sich nicht und schien Kaito anzulächeln.

Er fühlte sich so schwerelos, so mit sich eins wie manchmal, wenn er auf dem weichen Moosteppich seiner Waldlichtung gelegen und in Betrachtung des Zugs der Wolken am Himmel über sich Zeit und Raum vergessen hatte. Nur dies war stärker, inniger – und dabei so zart und bunt wie die Flügel der Königin der Schmetterlinge. Stärker – und deshalb ganz anders, neu und überwältigend schön.

Kaito schloss seine Augen und spürte, wie sein ganzer Körper erzitterte. Er öffnete sie wieder und sah die Hand des Mädchens, die sich ganz zart und langsam seinem Gesicht näherte. Ihre Fingerkuppen berührten kaum merklich und doch stark wie ein Sturm seine Stirn, seine Brauen. Sie strichen zärtlich über seine Wangen und – plötzlich schüchtern – um seinen Mund herum, als wagten sie nicht, seine Lippen zu berühren. Ihre Berührung tat so gut und war so mächtig, dass Kaito sie kaum mehr ertrug, die Finger des Mädchens in seine Hände nahm und ihr Kuss um Kuss auf den Handrücken, die Finger und die süß duftende Haut der Handfläche drückte.

Dann zog sich die zarte Hand des Mädchens behutsam zurück, und es stand auf. Überrascht tat Kaito es ihr nach. Einen Moment lang schien es, als stehe eine unaussprechbare Frage zwischen ihnen, doch dann gingen sie im gleichen Moment einen Schritt aufeinander zu. Kaito spürte die Wärme ihres Körpers in seiner Umarmung. Da waren plötzlich eine Stille, ein Glück, ein Frieden in ihm, für die es keine Namen gab. Und auf einmal waren ihre Lippen kühl und unendlich zart auf seinen Lippen. Doch ehe er wusste, wie ihm geschah, entzog sie sich seinen Armen und verschwand wortlos in der Dunkelheit. Kaito stand noch lange bei den Jasminbüschen. Schließlich merkte er, dass Gutadeso nicht mehr sang und spielte, und er ging mit langsamen Schritten zum Gasthaus zurück.

Vor der Wirtsstube saßen Gutadeso, Lado und einige Leute aus dem Dorf. Sie sprachen über Gutadesos Lieder, fragten ihn nach der Bedeutung einiger seiner Verse.

„Sie bedeuten genau das, was du fühlst, wenn du sie hörst", sagte Gutadeso und erblickte Kaito. „Da bist du ja wieder! Komm, setz dich noch ein bisschen zu uns!"

Kaito schüttelte den Kopf, und im Licht der Öllampen erkannte Gutadeso den Ausdruck in den Augen seines Freundes.

„Oh, ich verstehe! Ich glaube, es wird Zeit für uns, eine große Schale Schlaf zu trinken. Denn morgen haben wir einen weiten Weg vor uns!"

Lado gab sein Einverständnis mit freundlichem Kopfnicken zu verstehen.

„Was sagst du dazu, Kaito? Lado hat uns eingeladen, bei ihm zu übernachten! Es scheint, wir sind schon gute Bekannte geworden."

„Ihr könnt das oberste Zimmer nehmen, dort stehen zwei Betten für liebe Gäste. Wenn ihr lieber unter freiem Himmel schlaft, nehmt die Matratzen und Decken und tragt sie auf die kleine Dachterrasse. Wir haben heute Nacht wieder einen wunderbaren Sternenhimmel!"

Kaito war erleichtert, nichts mehr sagen und sein Verschwinden nicht erklären zu müssen. Er sah zu, wie Gutadeso sich herzlich von den Dorfleuten verabschiedete, und folgte Lado und ihm in den obersten Raum des Wirtshauses. Der Lichtschein von Lados Öllampe fiel in ein kleines, weiß gekalktes Zimmer mit zwei einfachen, schmalen Betten.

„Ein kleines, weißes Rechteck über uns oder der ganze prächtige Sternenhimmel?", fragte Gutadeso und drehte sich zu Kaito um.

„Die Sterne", sagte Kaito leise und dachte an das Mädchen.

„Ganz meine Meinung", erwiderte Gutadeso und nahm sich eine der Matratzen unter den Arm. „Schaffst du die andere, Kaito?"

„Wir schaffen das schon", erbot sich Lado und trug die andere Matratze zusammen mit Kaito auf die Dachterrasse. Oben verabschiedete sich der Gastwirt herzlich: „Schlaft gut! Und noch mal – unser aller Dank für deine Musik, Gutadeso! Vergiss nicht, morgen bist du und dein junger Freund herzlich zum Frühstück bei mir eingeladen!"

Eine Weile lagen Gutadeso und Kaito wortlos nebeneinander und ließen ihre Blicke in die tausendfältig glitzernde Pracht des Sternenhimmels tauchen. Kaito war froh, dass Gutadeso nichts sagte und keine Fragen wegen seines plötzlichen Verschwindens mit dem Mädchen stellte. Er hätte ohnehin nicht sagen können, warum der Drang, mit ihm fortzugehen, stärker gewesen war als der Wunsch, Gutadesos wunderbarer Musik zu lauschen.

Kaito lag noch lange mit weit offenen Augen auf dem Rücken und schaute in den Himmel, und die mächtige Sehnsucht zog durch seine Seele, selbst wie ein Stern, eine Quelle des Lichts in der Dunkelheit zu werden. Er spürte die Nähe des schweigenden Mädchens, als sei sie es, die neben ihm lag – und nicht Gutadeso, der bald eingeschlafen war.

Ein wenig erschreckt hatte ihn schon, dass sie plötzlich ohne ein Wort in der Dunkelheit verschwunden war, aber sicher hatte sie Angst gehabt, zu spät nach Hause zu kommen. Eltern, die sich Sorgen um ihr Kind machten, konnten schlimmer sein als siebenköpfige Drachen.

Morgen würde er sie wiedersehen! Bei diesem Gedanken wuchs ein glückliches Lächeln in Kaitos Gesicht.

Als Kaito die Augen öffnete, schien die Sonne heiß auf ihn herab. Die Matratze neben ihm war leer. Er drehte sich auf die Seite und schützte die Augen mit der Hand.

Zu Hause hatte er oft länger geschlafen als die Eltern und Brüder, weil er den Schlaf und die Träume liebte, die er mit sich brachte. Seine Träume waren immer bunt, voller Leben und Abenteuer, und oft hatte er sich nach einem langweiligen, ereignislosen Tag in Kuto auf die Nacht, auf seinen Schlaf und die Bilder und Ereignisse gefreut, die er ihm bringen mochte. Aber nun war er ja mitten in einer Wirklichkeit, die so aufregend und spannend wie seine Träume war. Warum also noch länger unter der Decke bleiben, dachte er, wenn die Sonne strahlt, wenn Gutadeso am Frühstückstisch auf mich wartet? Und wenn – dieser Gedanke erregte ihn am stärksten – wenn ich das Mädchen wiedersehen kann.

Er stand auf und atmete die frische Luft tief und dankbar ein, die nach allen Gerüchen des neuen Tages duftete. Sein Blick ruhte auf den Jasminbüschen am Ende von Lados Garten. Er fühlte sich bis in den letzten Winkel seines Wesens mit frischem Mut und neuer Kraft ausgefüllt und lief freudig die Stufen hinunter, um Gutadeso zu begrüßen.

„Hallo, Langschläfer!" Gutadeso saß gutgelaunt auf seinem Sitzkissen vor Lados Haus. „Hat dich die Sonne an der Nase gekitzelt? Ich dachte schon, ich müsste den ganzen Morgen auf dein Erscheinen warten!"

Er lächelte Kaito zu und rief dann ins Innere der Wirtsstube: „Mein Freund ist aufgestanden. Wir können frühstücken!"

Von drinnen erklang Lados Stimme: „In ein paar Minuten steht alles auf dem Tisch!"

„Komm, setz dich, Kaito!" Gutadeso klopfte mit der Hand auf das Sitzkissen an seiner Seite.

„Bist du schon lange wach?", erkundigte sich Kaito.

„Vielleicht eine Stunde."

„Und du hast mit dem Frühstück auf mich gewartet?"

Gutadeso winkte ab. „Ich bekomme erst jetzt richtig Hunger. Und ich hab mich gut mit Lado unterhalten. Er ist ein freundlicher und hilfsbereiter Mann. Gestern waren wir noch Fremde, später dann gute Bekannte. Und jetzt sind wir fast schon Freunde. Und alles wegen dieses guten Stücks", sagte er und strich zärtlich über die Katuka an seiner Seite. Kaito setzte sich zu ihm an den Tisch.

Gutadeso strahlte ihn an. „So ist das mit der Musik. Sie hilft dir, überall Freunde zu gewinnen – und zwar im Eiltempo! Wofür du sonst Tage und Wochen brauchst, das gelingt dir mit Musik an einem Abend! Spiel den Leuten ein paar gute Lieder vor, und ihr Herz öffnet sich. Und plötzlich spüren sie, dass du kein übler Kerl bist, dass sie dich vielleicht sogar gern als Freund hätten – zumal sie damit immer mal wieder in den Genuss deiner Musik kommen. Ein Freund in jedem Dorf, sagen die Wandermusiker, und das Leben ist ein Fest. Alle sitzen um dich herum, jubeln dir zu, sorgen für gutes Essen und ein bequemes Bett für die Nacht, und es kostet dich keinen Silberling. Und alles wegen der Musik! Ich kann mir kein besseres Leben vorstellen."

Wie um Gutadesos Worte zu bestätigen, kam Lado mit einem Tablett aus seiner Stube. „Ich bringe uns Tee, grünen Tee, den besten, den ich habe."

Gutadeso zwinkerte Kaito zu.

„Und dann gibt es Eier, Reis und frische Pflaumen", kündigte der Wirt mit breitem Lächeln an.

„Hmm", machte Gutadeso genießerisch, „du weißt, was Wandermusiker mögen, Lado."

Lados Blick fiel auf Kaito. „Guten Morgen, junger Mann! Ich hoffe, du hast auch gut geschlafen, oben auf dem Dach!"

Lados Blick ruhte wohlwollend auf Kaitos Gesicht. Dann verschwand er wieder in seiner Stube.

Später saßen Lado, Gutadeso und Kaito noch eine Weile beisammen. Ab und zu ging ein Dorfbewohner vorbei und grüßte freundlich herüber. Schließlich räusperte sich Gutadeso und sagte: „Du wohnst in einem netten Dorf, Lado. Ich glaube, hier könnte ich es eine Weile aushalten!"

„Du bist mein Gast, solange es dir beliebt", erwiderte der Wirt.

„Beim nächsten Mal werde ich auf dein großzügiges Angebot zurückkommen", entgegnete der wandernde Sänger, „aber wir müssen weiter. Wir haben noch ein gutes Stück Weg vor uns."

„Darf ich fragen, wohin er führt?"

„Nach Ogo."

Lado zog die Augenbrauen hoch und fragte verwundert: „Warum nach Ogo? Das ist die schlimmste Stadt im ganzen Bezirk! Spieler, Diebe, bestechliche Beamte, Messerstecher, käufliche Frauen. Es ist keine gute Stadt. Geht nicht nach Ogo, wenn ich euch diesen Rat geben darf."

Ein Schatten war auf Lados Miene gefallen. „Ogo ist eine Stadt, in der Menschen verschwinden, als hätte es sie nie gegeben. Es ist nicht gut, wenn die Städte so groß werden, dass man einander nicht mehr kennen kann. Wenn zu viele Menschen an einem Ort wohnen, werden aus Fremden nicht mehr so leicht Freunde wie hier in Batago. Dann werden aus Fremden schnell Feinde, und jemand haut dir einen Stock auf den Kopf, weil er deinen Geldbeutel haben will."

Gutadeso beruhigte den Wirt mit einem beschwichtigenden Blick. „Keine Angst, Lado, wir wollen nicht direkt nach Ogo. Eine Tagesreise östlich von Ogo wohnt Togana, der Lehrer der Bambusflöte, in einem abgelegenen Haus am Rand eines Bambuswaldes. Zu ihm wollen wir."

Lados Miene entspannte sich. „Dann brauche ich mich ja nicht zu ängstigen. Und ich will euch auch nicht länger mit meinen Ratschlägen aufhalten. Macht euch auf den Weg, es ist ein herrlicher Tag! Wenn ihr die Dorfstraße weitergeht, kommt ihr bald an den Fluss. Seit letztem Jahr haben wir dort eine Brücke. Hinter der Brücke nehmt den Weg nach rechts, er führt nach Ogo. Wenn ihr zügig geht, könnt ihr es in elf Tagen schaffen."

Gutadeso und Lado standen auf und umarmten sich. Dann drückte Lado Kaito an sich.

Kaito fühlte, dass auch er in Lado einen Freund gewonnen hatte, und so wagte er, ihm eine Frage zu stellen, die er schon den ganzen Morgen in seinem Herzen bewegte: „Sag, Lado, gestern Abend war da ein Mädchen unter den Zuhörern. Sie hatte ein schönes Gesicht und volles, langes Haar. Sie trug ein schwarzes Kleid mit bunter Stickerei."

Lado warf Kaito einen überraschten Blick zu. „Und sie sagte kein einziges Wort?", fragte er nach.

Kaito nickte, verwundert über Lados Frage.

„Dann war es Miata", erwiderte der Wirt und wich Kaitos Blick aus. „Sie wohnt unten, im letzten Haus vor dem Fluss. Warum fragst du nach ihr?"

„Ich will mich von ihr verabschieden."

Lado setzte zu einer Antwort an, sagte dann aber doch nichts und schien zu überlegen. „Miata ist die Tochter Jatobus, des Fährmanns", erklärte der Gastwirt schließlich. „Er hat fünfzehn Jahre lang die Fähre über den Fluss gesteuert. Ein guter, bescheidener Mann, auf den man sich verlassen konnte. Er war mein Freund." Lado schluckte. „Er ist gestorben – vor etwa einem Jahr. Er hat einen bösen, betrunkenen Mann vom anderen Ufer übergesetzt, der ihm den Fährlohn nicht zahlen wollte. Als Jatobu auf seinem Lohn bestand, zückte der Fremde einen Dolch und erstach ihn. Dann flüchtete er auf der Fähre ans andere Ufer zurück. Wir haben ihn verfolgt und tagelang gesucht, doch er war wie vom Erdboden verschluckt. Aber ich möchte euch keine traurigen Geschichten mit auf den Weg geben, denn ihr habt Freude in mein Haus gebracht. So geht schon! Ich mag keine umständlichen Abschiede!"

Kaitos Blick haftete an Lados Augen. „Du hast noch nicht alles erzählt", sagte Kaito mit einem Ton, der ihn selbst überraschte – als sei seine Stimme von tief innen gekommen.

„Was meinst du damit?", fragte Lado ausweichend.

„Ich weiß nicht", versetzte Kaito, „ich spüre nur, dass du etwas verschweigst."

Lado sah Kaito mit einem seltsamen Blick an, wandte sich Gutadeso zu und sagte: „Dein junger Freund hat anscheinend einen sechsten Sinn. Ich wollte euch damit nicht unnötig belasten, aber wenn Kaito es hören will ..."

„Ja", sagte Kaito ohne Zögern und mit fester Stimme, obwohl seine Handflächen feucht wurden und sein Herz schneller zu klopfen begann.

„Was den Mord an Jatobu noch schlimmer machte, war das Unglück, dass seine Tochter Miata Zeugin des Verbrechens wurde. Sie saß am Ufer des Flusses, als Jatobu seinen Mörder übersetzte. Ihr müsst wissen, dass sie ihren Vater sehr liebte. Sie erlebte die Untat aus nächster Nähe und lief vor Entsetzen so schnell sie konnte ins Dorf."

Kaito fühlte sich bei den Worten Lados von einem immer unerträglicheren Schmerz ergriffen.

„Miata war – wir haben es alle verstanden – wie gelähmt. Ihre Augen waren weit aufgerissen, ihr Atem ging schnell, es schien, als wolle sie schreien – aber sie brachte keinen Ton hervor!"

Lados Worte wurden zu Stichen in Kaitos Herz. Er fiel in einen See von Traurigkeit, doch wollte er sich nicht anmerken lassen, wie sehr ihn Lados Bericht erschütterte.

„Ihre Mutter war wie eine Heilige zu ihr, obwohl ihr der Tod des geliebten Mannes fast das Herz aus der Brust riss. Sie opferte sich für sie auf, wachte Nacht für Nacht bei ihr, tröstete sie, machte ihr Mut, aber Miata sagte kein Wort mehr. Sie war verstummt. Der Schreck hatte ihr die Sprache geraubt. Gerade ihr – mit ihrer schönen, klaren Stimme."

Jetzt konnte Kaito die Traurigkeit nicht mehr zurückhalten, die sich während Lados Erzählung in ihm angestaut hatte. Er setzte sich, sein Körper bebte.

„Ich hätte euch diese Geschichte nicht erzählen sollen", murmelte Lado, unzufrieden mit sich selbst. „Sie hat einen Schatten auf unser

Dorf geworfen, und jetzt wirft sie einen Schatten auf das Herz unseres jungen Freundes."

Gutadeso nahm Lado beiseite und flüsterte ihm ins Ohr: „Ich glaube, er hat sich in Miata verliebt. Und nun fühlt er ihren Schmerz in seiner Seele."

Als Kaito aufstand, sagte der Wirt: „Jetzt ist unser Abschied trauriger als nötig geworden. Dafür soll unser Wiedersehen ein Freudenfest werden!"

„Wir kommen bestimmt wieder, Lado", versprach Gutadeso. „Ein Dorf, in dem ein Freund wohnt, ist ein Stück Heimat."

Lado umarmte Kaito und Gutadeso ein letztes Mal und sah ihnen nach, wie sie die Straße durchs Dorf zum Fluss hinuntergingen. „Der Himmel schütze eure Wege", murmelte er und verbeugte sich dreimal im Geist vor Jatunasi, der Göttin, die menschliche Wünsche erfüllen konnte, wenn es ihr gefiel.

Kaito und Gutadeso hatten bald das Haus am Fluss erreicht. Es stand keine fünfzig Schritte vom Ufer entfernt.

„Ich muss immer an Lados Worte denken", sagte Kaito mit bedrückter Stimme.

„Ich auch", bekannte Gutadeso. „Aber wenn du dich von Miata verabschiedest, solltest du nicht mit einem traurigen Gesicht zu ihr gehen. Was sie mehr als alles braucht, ist Freude, Hoffnung, Mut."

Kaito musste daran denken, dass Miata während ihres wundervollen Zusammenseins am gestrigen Abend wirklich kein einziges Wort gesagt hatte. Doch das war ihm fast gar nicht aufgefallen, zumal er selbst auch die ganze Zeit geschwiegen hatte. Wenn es aber möglich war, etwas so Schönes miteinander zu erleben, ohne Worte dafür zu brauchen, dann konnte das Sprechen nicht so unentbehrlich sein. Und wie hätte er das Gefühl haben können, dass Miata ihm Freude und Glück schenkte, wenn in ihr nur Traurigkeit über ihr Unglück herrschte?

„So ist es besser", sagte Gutadeso, der den Ansatz eines Lächelns in Kaitos Gesicht sah. „Geh zu Miata! Ich warte hier am Weg auf dich."

Kaito bewegte sich auf die Tür des weißen Hauses zu und klopfte an. Bald darauf ging über ihm ein Fenster auf, und Miatas Kopf schaute heraus.

„Ich möchte mich... ich möchte...", sagte Kaito und verstummte. Miata sah ihn ernst an. Dann verschwand ihr Gesicht. Wenig später öffnete sie die Tür und stand vor ihm.

Im Tageslicht war es Kaito, als habe er noch nie ein so schönes und anmutiges Gesicht erblickt. Er sah Traurigkeit in Miatas Augen, aber auch einen Schimmer der Hoffnung. Er versuchte, ihr Freude aus seinem Herzen zu geben, und lächelte, als er sagte: „Gestern – bei den Jasminbüschen..."

Miata legte den Zeigefinger auf ihre Lippen, als wolle sie Kaito bitten, nicht über den Abend zu sprechen.

„Ich muss leider weiter", sagte Kaito und machte eine hilflose Geste mit den Händen, „ein geheimnisvolles Amulett überbringen. Aber ich..."

Kaito stockte, als Miatas Blick sich senkte. „Bitte sei nicht traurig. Ich komme bestimmt wieder!"

Sofort hob sich ihr Kopf, und ihr Blick brachte Kaito eine solche Freude entgegen, dass ihm der Abschied leichter wurde. „Ja", sagte er mit sicherer Stimme, „ich komme wieder. Ich verspreche es dir. Und ich halte mein Wort."

Miata lächelte ihn an. Dann nahm sie eine dünne Kette aus kleinen, bunten Glasperlen von ihrem Hals und hängte sie Kaito um. Kaito zog seinen Lederbeutel über den Kopf und holte den goldenen Ring mit dem roten Stein, das Geschenk seines Bruders, daraus hervor. Er nahm Miatas Hand, legte den Ring hinein und schloss sie zärtlich zu einer Faust. Ein letztes Mal tauchten ihre Blicke ineinander.

Als Kaito neben Gutadeso über die Brücke ging und sich immer aufs Neue nach der zierlichen Gestalt vor dem Haus umdrehte, wusste er, dass er dieses Mädchen wiedersehen musste.

Kaito und Gutadeso gingen lange schweigend nebeneinander und atmeten das bunte Leben ein, durch das ihr Weg sie führte: die Schmetterlinge, die wie Boten der Lebensfreude durch die Lüfte gaukelten; all die wilden Blumen am Wegesrand, die in leuchtenden Farben ihre Schönheit feierten und ihre Düfte verströmten; blühende Sträucher, die den Blick auf große Reisfelder freigaben – und die Bäume, die ihr ganzes Leben lang an einem Ort standen und dabei soviel Pracht und Zufriedenheit ausstrahlten, dass ihr Anblick eine einzige Freude war.

Den Hauptweg nach Ogo mieden die beiden; dort reiste man zu gefährlich. Auf den kleineren Wegen oder Trampelpfaden begegnete man seltener anderen Reisenden, und vor denen, die man traf, brauchte man nicht so viel Angst zu haben.

Bis Mittag sahen die beiden keine Menschenseele. Im Schatten eines Trodaro-Baums fielen sie schließlich in einen kleinen Mittagsschlaf, aus dem Kaito, von einem schlechten Traum beunruhigt, jäh erwachte, die Augen aufschlug – und direkt in das Gesicht eines Fremden schaute. Erschreckt setzte er sich auf und sah erst jetzt, dass der andere nicht allein war: Vier weitere Männer standen neben ihm und zogen finstere Mienen. Kaito rüttelte Gutadeso wach, der die Lage nach wenigen Augenblicken erfasste, zusammen mit Kaito aufstand und den Ältesten, der wie der Führer der anderen wirkte, höflich begrüßte: „Bitte verzeiht uns, dass wir euer Kommen erst jetzt gebührend würdigen können, doch die Anstrengung der Wanderung und die Hitze des Mittags haben uns schläfrig gemacht."

Der Fremde erwiderte Gutadesos Gruß mit spöttischem Lächeln: „Wie unvorsichtig von euch, am helllichten Tag im Freien zu schlafen. Die großen Raubtiere mögen vielleicht noch satt sein von den Beutezügen der Nacht, aber die Raubtiere in Menschengestalt durchstreifen rastlos das Land, auf der Suche nach lohnenden Opfern."

„Die wir nicht sind", versicherte Gutadeso, dessen Befürchtung, von Räubern überrascht worden zu sein, mehr und mehr zur Gewissheit wurde. „Was gibt es bei uns schon zu holen? Kleine Fische wirft der Angler wieder ins Wasser zurück."

„Nicht wenn er lange keinen großen Fisch gefangen hat und ihm der Magen knurrt", sagte der Anführer und warf einen Blick auf Gutadesos Leinentasche. „Ist das eine Katuka?"

Gutadeso schluckte.

„Wickle sie aus dem Tuch, ich will sie sehen!", befahl der Mann.

Gutadesos Blick wanderte von einem zum anderen der Räuber. Es schienen Männer zu sein, mit denen nicht zu spaßen war. Jeder hatte zwei Dolche im Gürtel. Zwei von ihnen trugen Bogen und Köcher mit Pfeilen über den Schultern. Mit einem von ihnen, vielleicht mit zweien, hätte Gutadeso es aufnehmen können, aber fünf waren zu viele. Schweren Herzens sah er seine Katuka im Geist schon über die Theke eines Hehlers gehen, um irgendwann an einen anderen Musiker verkauft zu werden. Dem Befehl des Mannes folgend, bückte er sich und wickelte das Instrument liebevoll aus. ‚Ich werde wie ein Löwe um dich kämpfen', sagte er in Gedanken zu seiner Katuka.

„Ein schönes Instrument, in der Tat", hörte Gutadeso die Stimme des Anführers, während er fieberhaft überlegte, wie er sein Instrument retten konnte. „Dafür bekomme ich bestimmt drei, vielleicht vier Goldmünzen. Und sicher habt ihr noch etwas Silber bei euch, nicht wahr?"

Gutadesos und Kaitos Blicke begegneten sich. Erst jetzt wurde dem Sänger bewusst, dass es einen vielleicht noch größeren Schatz zu behüten galt als seine einzigartige, geliebte Katuka: das silberne Medaillon in Kaitos Brustbeutel, für das der weise Togana eine reiche Belohnung versprochen hatte.

Noch einmal wanderte Gutadesos Blick über die Gesichter der fünf Männer, und jetzt erst erkannte er, dass der Älteste der Vater der vier anderen sein musste, denn jeder von den vieren hatte etwas von dem Anführer im Gesicht, im Körperbau und in der Haltung. Und der Musiker entdeckte auch, dass er es nicht mit kaltblütigen Mördern zu tun hatte, wohl aber mit Menschen, die entschlossen waren, ihnen ihren Besitz zu rauben. Aber war da nicht eben im Gesicht des Ältesten ganz kurz ein Lächeln erschienen, als sein Blick auf die entblößte Katuka gefallen war – ein Lächeln, das nicht dem möglichen Geldgewinn, sondern dem schönen Instrument selbst und vielleicht sogar der Musik gegolten hatte? Wenn dieser Mann ein Herz für Musik hatte, bestand noch Hoffnung!

„Spielst du Katuka?", fragte Gutadeso und legte sich, einer plötzlichen Eingebung folgend, das Instrument um die Schulter.
„Nein – aber ich höre sie gern, wenn jemand sie gut spielen kann. Spielst du die Katuka gut?", fragte der Anführer zurück.
„Gut?", rief Kaito. „Er spielt sie, dass einem der Atem vergeht."
Der Räuber schien erst jetzt Kaitos Anwesenheit wahrzunehmen. Ein strenger Blick traf den Jungen. „Habe ich dich oder ihn gefragt, Junge?" Kaito senkte den Kopf.
„Wenn ihr erlaubt", sagte Gutadeso schnell, „werde ich euch eine Kostprobe meines Könnens geben. Ich schlage vor, wir setzen uns, dann können wir die Musik am besten genießen."
Der Älteste tauschte Blicke mit den anderen Männern aus. Dann sagte er: „Du bist ein seltsamer Mann. Willst für uns auf deiner Katuka spielen, obwohl du wissen müsstest, dass wir sie dir danach rauben werden."
Gutadeso brachte trotz der Furcht, dass sein Vorhaben misslingen könnte, ein Lächeln zustande: „Seltsam nennst du mich? Dabei nutze ich nur die Möglichkeit, mich von meiner Katuka zu verabschieden und ein letztes Mal auf ihr zu spielen."
„Das verstehe ich", sagte der Älteste.
„Ich hoffe", sagte Gutadeso im Bewusstsein, dass es verheerende Folgen haben könnte, wenn seine Vermutung falsch war, „ich hoffe, dass deine vier Söhne dein Herz für die Musik geerbt haben."
Der Räuber warf Gutadeso einen überraschten Blick zu: „Woher weißt du, dass dies meine Söhne sind? Und wie willst du wissen, dass ich ein Herz für die Musik habe?"
Gutadeso zog eine geheimnisvolle Miene. „Wenn man genau hinschaut, erkennt man dich in jedem deiner Söhne wieder. Und wenn

man dir genau ins Antlitz blickt, erkennt man deine Liebe zur Musik."

Der Mann fuhr nachdenklich mit den Fingern durch seinen Bart, wobei sein Blick unverwandt auf Gutadesos Gesicht ruhte.

„Dein Auge ist scharf, Musikant. Und auch mit Worten kannst du trefflich umgehen! Ich hoffe, du beherrschst die Katuka nicht minder gut!"

Gutadeso hörte erleichtert, dass der Tonfall des Räubervaters sich leicht verändert hatte, und er beglückwünschte sich zu seinen mutigen Worten. Dann schloss er die Augen, sammelte seine innersten Kräfte und sandte einen Hilferuf an Tamadesi, die Schutzgöttin aller Musiker, die er leise um Inspiration und Kraft anflehte. Gutadeso wusste, dass er jetzt um seine Katuka spielen musste, um das geheimnisvolle Shakuhachi-Amulett und die Goldstücke in Kaitos Brustbeutel. Obwohl die Umstände alles andere als günstig waren, musste er so gut singen, wie er es vielleicht in seinem ganzen Leben noch nicht getan hatte! Noch einmal atmete er tief ein, stimmte kurz die Saiten der Katuka nach und eröffnete sein Spiel.

Er begann mit einem subtilen, kunstvoll gezupften Instrumentalstück, das wie ein kleiner Fluss durch hohes Gras floss und eine friedvolle, harmonische Stimmung hervorbrachte. Um sich nicht von der bedrohlichen Nähe der Räuber in seiner Hingabe an die Musik stören zu lassen, hielt er die Augen bis zum letzten Ton des Stücks geschlossen.

Als er sie wieder öffnete, empfing er zu seiner Erleichterung ein knappes, aber anerkennendes Nicken des Anführers, und auch seine Söhne schienen weniger starr und finster in die Welt hinauszuschauen. Dieser erste kleine Erfolg machte Gutadeso Mut, den nächsten Schritt zu gehen, zumal er spürte, dass sein stiller Hilferuf an Tamadesi erhört wurde. Er fühlte sich angeregt und fähig, ein Lied aus dem Augenblick zu erfinden, mit dem er die Räuber vielleicht ein weiteres Stück von ihrem Vorhaben abzubringen vermochte. „Ich wage es jetzt, ein Lied für euch zu singen und zu spielen, das es noch nicht gibt!"

Die Stirn des Räubervaters legte sich in Falten, seine Stimme klang misstrauisch: „Willst du dich über meine Geduld lustig machen, Katuka-Spieler?"

„Im Gegenteil", beeilte sich Gutadeso zu versichern, „ich will euch etwas ganz Besonderes bieten! Ein Lied, das in dem Augenblick entsteht, wenn ich es spiele und singe. Eine Improvisation. Es mag nicht so perfekt klingen wie eins, das ich schon zwanzigmal gesungen habe, aber dafür ist es neu und frisch wie der Duft einer Blüte, die sich gerade öffnet!"

„Spiel schon", brummte der Räuber, „dass du reden kannst, wissen wir!"

Gutadeso nickte und schlug einen Akkord an. Er lauschte in sich hinein, und plötzlich hatte er die Melodie! Eine heitere, fast fröhliche Melodie, zu der ihm die Worte dank Tamadesis göttlicher Hilfe wie reife Früchte in den Schoß fielen:

„Ihr habt uns überfallen,
um uns auszurauben.
Darf ich mir nun erlauben,
euch zu gefallen –
mit einem kleinen Lied
aus dem Augenblick.

Räuber seid ihr wohl,
Schrecken aller Reisenden!
Doch ich sehe es euch an:
Keiner von euch
ist ein schlechter Mann.
Denn ihr liebt die Musik.

Darum lasst mir meine Katuka!
Ich kenne sie, wie sie keiner kennt.
Sie ist eine Geliebte,
die mir nichts als Freude schenkt.
Ihr brecht mir das Herz entzwei,
wenn ihr mich von ihr trennt –
und das wär mehr als Räuberei!"

Eine Weile war es ganz still im Kreis, als Gutadesos Lied verklungen war.
Schließlich räusperte sich der Anführer und brummte: „Mir kommen gleich die Tränen, Katuka-Mann. Aber – bei allen guten Geistern – du verstehst dein Handwerk. Darum spiel uns noch ein Stück!"

Gutadeso atmete erleichtert auf und begann mit einem weiteren Katuka-Stück, das eine sanfte Einleitung hatte – und plötzlich wie ein Vulkan mit feurigen Rhythmen und verwegenen Akkorden ausbrach und alle, die es hörten, mit sich riss. Wie ein Besessener spielte Gutadeso, seine Finger wirbelten auf den Saiten, Schweißperlen glänzten auf seiner Stirn. Seine Augen waren in tiefer Versenkung in den Geist der Musik geschlossen, sein Körper war ein einziger Tanz.

Mit einem wilden Aufschrei beendete Gutadeso sein unglaubliches Spiel. Lange herrschte Schweigen zwischen den Männern, das nunmehr alle Bedrohlichkeit verloren hatte. Der Musiker öffnete seine Augen und erhielt einen verstohlenen, Dankbarkeit und Freude sendenden Blick von Kaito.

Und wieder räusperte sich der Anführer der Räuber. Seine Stimme klang freundlicher als ihm vielleicht lieb war, was er durch einen abweisenden und finsteren Gesichtsausdruck auszugleichen versuchte: „Wir werden dir deine Katuka lassen!"

Dann stand er auf, und seine Söhne folgten seinem Beispiel.

„Du hast mein Herz mit deinem Spiel erfreut", fuhr der Mann fort. „Und wie du spielst, wäre es wirklich ein schlimmes Verbrechen, dir dein Instrument wegzunehmen. Dein junger Freund hat Recht. Du spielst wirklich, dass einem der Atem stockt."

Gutadeso verneigte sich tief zum Dank für die Komplimente, fand allerdings insgeheim, dass er sie sich reichlich verdient hatte, denn er hatte schon lange nicht mehr so leidenschaftlich und inspiriert gespielt wie eben. Und weil er noch Spiellust in sich spürte, brachte er die Katuka ein weiteres Mal als Zugabe für die Räuber zum Klingen. Sie standen, gebannt bis zum letzten Ton lauschend, und enthielten Gutadeso seinen verdienten Applaus nicht vor.

Und dann tat Kaito etwas, das alle aufs Äußerste verblüffte. Er griff in Gutadesos Umhängetasche und zog die hölzerne Sammelschale daraus hervor. Mit der Schale in der Hand ging er auf den Räuberanführer zu, blieb kurz vor ihm stehen und streckte sie ihm auffordernd lächelnd entgegen.

Gutadeso stockte der Herzschlag, als er den Zorn im Gesicht des Räubers aufflammen und seine Hand sich zur Faust zusammenballen sah – doch im nächsten Moment brach der Mann in wildes, brüllendes Gelächter aus, das ganz tief aus seinem Bauch kam.

Kaito, der unter dem zornigen Blick zusammengezuckt war, ließ das dröhnende Gelächter mit unbeirrtem Lächeln über sich ergehen. Ihn hatte, wie es schien, der Teufel geritten, als er die Geldschale aus Gutadesos Tasche genommen hatte – und jetzt wollte er den Ritt auch zu Ende bringen.

„Ihr seid ein unglaubliches Paar", rief der Räuber und konnte sich nicht beruhigen. Schließlich, nachdem er sich die Tränen aus dem Gesicht gewischt hatte, griff er in seine Tasche, zog ein paar Silbermünzen daraus hervor und ließ sie breit grinsend in die Holzschale fallen.

„Das Verrückte daran ist", sagte der Räuber, „dass der Kleine Recht hat! Wer mich derart zum Lachen bringen kann, hat eine Belohnung verdient! Nun lebt wohl und kommt nicht wieder unter die Räuber. Ihr habt gesehen, das geht schneller, als man denkt, und noch einmal werdet ihr wohl nicht so glimpflich davonkommen wie heute!"

„Lebt wohl", sagte Gutadeso und schaute mit Kaito den Männern nach, bis sie hinter der Wegbiegung verschwunden waren. Dann sah Gutadeso Kaito mit einem seltsamen Blick an und sagte: „Du wirst mir so langsam unheimlich!"

Kaito kippte den Inhalt der Geldschale, fünf Silbermünzen, auf seinen Handteller, den er Gutadeso entgegenstreckte. „Darf ich dich damit zum nächsten Abendessen einladen, Guta?"

Die nächsten Tage ihrer Reise vergingen wie im Flug. Das Wetter war ihnen günstig gesonnen, und die Landschaft wurde von Tag zu Tag üppiger, aufregender, schöner. Ihr Reiseproviant hing in Gestalt von Früchten an Bäumen und Sträuchern; auch essbare Pilze und Wurzeln, mit denen Gutadeso sich gut auskannte, dienten den Wanderern als Stärkung. Seit ihrer Begegnung mit der Räuberfamilie, die gerade noch einmal gut ausgegangen war, waren Kaito und Gutadeso vorsichtiger geworden. Sie rasteten unterwegs nur an sicheren, versteckten Plätzen und schliefen nachts bei Bauern, in Gasthäusern oder in Klöstern, die zu jenen Zeiten über das ganze Land verstreut waren, so als ob die Einfalt und Mühsal des Lebens in den Dörfern und die Geldgier und Verdorbenheit in den Städten aufgewogen werden müssten durch Menschen, die sich der Suche nach der höchsten Wahrheit und dem tiefsten Sinn des Lebens mit ganzem Herzen verschrieben hatten.

Am neunten Tag ihrer Reise sahen die beiden Freunde am späten Nachmittag eines jener Klöster links ihres Weges auf einer von blühenden Gärten umgebenen Anhöhe liegen. Mit seinem makellosen, im Sonnenschein strahlenden Weiß, dem großen, runden Turm über dem Hauptgebäude und den üppigen, gut bestellten Obst- und Gemüsegärten bot es einen angenehmen, Vertrauen erweckenden Anblick. Da die Sonne bald unterging und nicht gewiss war, ob die Freunde vor Einbruch der Nacht noch eine sichere Bleibe finden würden, beschlossen sie, um eine Übernachtung im Kloster zu bitten.

Auf dem Weg zu der Anhöhe fragte Kaito nach dem Sinn eines Klosters. Gutadeso runzelte die Stirn und antwortete: „Danach frag ich mich auch manchmal! Ein Sinn besteht jedenfalls darin, müden Reisenden wie uns eine Übernachtung zu gewähren. All diese Klöster haben für solche Fälle Zellen mit harten, aber sauberen Betten. Die Mönche sind jedoch häufig recht wählerisch. Wenn ihnen dein Gesicht nicht gefällt, wenn sie in dir einen Halunken wittern, der sich bei ihnen nur einschleichen will, um heimlich den Klosterschatz zu plündern, weisen sie dich ab."

„Du hast mir noch nicht die Frage nach dem Sinn eines Klosters beantwortet", erinnerte Kaito den Sänger.

Der zuckte mit den Achseln. „Sie suchen Gott, die Wahrheit, das eigentliche Leben, wie du es auch nennen willst. Und sie meinen, dass sie all das in den Mauern eines Klosters eher finden als in der Welt rundherum. Für sie mag das stimmen, aber nicht für einen Wandermusiker wie mich. Ich brauche die Freiheit, hingehen zu können, wohin ich will. Ich brauche den Himmel über mir, will neue Orte, neue Gegenden, neue Menschen sehen. Ich bin unter einem Wanderstern geboren, und wenn ich unterwegs bin – das ist mein eigentliches Leben. Und wenn ich meine Lieder schreibe – das ist meine Wahrheit. Und wenn ich meine Katuka spiele, so dass ich alles um mich herum vergesse und in den Geist der Musik eintauche – das ist mein Gott!"

„Das könnte auch mein Gott sein", sagte Kaito.

Gutadeso sah ihn überrascht von der Seite an.

„Ja, willst du – soll ich dir zeigen, wie man Katuka spielt? Willst du Unterricht?"

Kaito schüttelte den Kopf. „Musik ist etwas Wunderbares, wenn du sie spielst. Und ich habe mir Gott immer als etwas Wunderbares vorgestellt."

Gutadeso schenkte seinem jungen Freund ein Lächeln. „Ja", sagte er leise, „Musik ist etwas Wunderbares, Göttliches. Doch es gibt auch Menschen, die Musik machen, als sei sie etwas Alltägliches. Musiker, die sich für Geld verdingen und Abend für Abend in den Wirtshäusern der Städte spielen, wo alles durcheinander redet und ihnen keiner richtig zuhört. Solche Musik ist nicht göttlich, sie ist nichts weiter als bezahltes Handwerk, angenehm fürs Ohr vielleicht, aber ohne Herz und Seele."

Über diesen Worten hatten die beiden das große, hölzerne Tor des Klosters erreicht, eines beeindruckenden Gebäudes mit einem Haupt- und zwei Nebenflügeln, deren Zellen Platz für etwa fünfzig Mönche bieten mochten.

Gutadeso ließ die Glocke neben der Tür laut erklingen, und nach einer Weile wurde ein Fenster geöffnet. Ein großer Männerkopf mit einem langen Bart erschien und blickte die Ankömmlinge prüfend an. „Seid gegrüßt, Wanderer! Mein Name ist Medol. Was führt euch zu uns?"

Gutadeso erwiderte den Gruß. „Mein Name ist Gutadeso, ich bin Wandermusikant. Dies ist mein Freund Kaito. Wir sind unterwegs zu Togana, dem großen Lehrer der Shakuhachi, und bitten um zwei Schlafplätze für die Nacht."

Der Mönch nickte. „Wartet! Ich komme herunter und mache euch auf."

Wenig später wurde ein Flügel des Tors geöffnet, und der Mönch stand vor ihnen. Er war von hünenhafter Gestalt, fast einen Kopf größer als Gutadeso, obwohl der Musiker kein kleiner Mann war.

„Zu Togana wollt ihr?", sagte Medol.

„Ja", erwiderte Gutadeso. „Kennst du ihn vielleicht?"

Der Mönch schüttelte den Kopf. „Ich nicht. Aber Taloko kennt ihn. Er war einmal sein Schüler. Und nun kommt herein. Wir haben noch Raum für Gäste."

Kaito und Gutadeso gingen durch das Tor und folgten dem Mönch in den Klosterhof. Bald hatten sie den Eingang des Hauptgebäudes erreicht. Sie betraten einen freundlichen, mit Bildern und Topfpflanzen geschmückten Raum, in dem ein niedriger Bambustisch stand, der von Sitzkissen umgeben war.

„Setzt euch und ruht euch ein wenig aus. Ich lasse euch gleich Tee bringen."

Der Mönch ging zur Tür, drehte sich aber noch einmal um und fragte: „Kennt ihr den Weg zu Togana?"

„So ungefähr", antwortete Gutadeso.

„Ich schicke euch Taloko. Er kann vielleicht helfen", sagte Medol und ging.

Nach einer Weile kam ein junger Mönch mit kurzen, schwarzen Haaren und einem schmalen Gesicht herein. Er trug ein Tablett mit Teegeschirr und einem Stövchen, begrüßte die Klostergäste mit freundlichem Kopfnicken und stellte das Tablett auf den Tisch.

„Seid gegrüßt! Mein Name ist Taloko. Medol schickt mich mit dem Tee. Er sagte mir, ihr seid auf der Reise zu Togana, wisst aber den Weg nicht genau?"

Gutadeso nickte.

„Ich kenne ihn gut", bekannte der Mönch.

„Wen?", fragte Gutadeso. „Togana oder den Weg zu ihm?"

„Den Weg", erwiderte Taloko. „Wie kann man einen Menschen wie Togana kennen?"

„Du warst aber doch sein Schüler?"

Der Mönch schüttelte den Kopf. „Das nicht. Ich war nur sein Probeschüler. Drei Monate durfte ich in seinem Gartenhaus wohnen. Es war die beste Zeit meines Lebens."

„Wenn Togana dich als Probeschüler unterrichtet hat, bist du sicher kein Anfänger mehr auf der Shakuhachi. Ich habe hier einen sehr musikbegeisterten jungen Freund neben mir, Taloko", sagte Gutadeso und wies auf Kaito. „Er hat noch nie in seinem Leben den Klang der Shakuhachi gehört. Vielleicht magst du die Bambusflöte einmal für ihn spielen?"

Talokos Blick fiel auf Kaitos Gesicht. Er entdeckte das Leuchten der Vorfreude in seinen Augen.

„Einverstanden", sagte der Mönch. „Ich hole meine Shakuhachi, während ihr euren Tee trinkt. Wir treffen uns danach im Klostergarten – am Brunnen."

iebevoll nahm Taloko die Shakuhachi aus dem mit weißer Seide gefütterten Lederetui und hob sie mit einer langsamen, feierlichen Bewegung an seine Lippen. Der erste Ton aus der Bambusflöte drang Kaito bis auf den Grund seines Herzens. Es war ein etwas trauriger, inniger Ton, in dem unerklärliche Heiterkeit und Schönheit versteckt mitschwangen. Die nächsten tiefen, dann immer höher fliegenden Töne gipfelten in einem eindringlichen Klang, der sein Gemüt aufwirbelte. Es war ihm, als erzählte die sehnsuchtsvolle, alle Gefühle umfassende Shakuhachi die Geschichte eines Baches, der verspielt einen Hügel herabfloss. Wie das quirlige Wasser flossen die Töne aus der Bambusflöte, und Kaito sah den klaren

Quell glitzern, hörte das Singen der Vögel in den Bäumen am Ufer. Er fühlte eine tiefe Harmonie, und als der letzte, überraschend leidenschaftliche Ton der Shakuhachi geheimnisvoll verklungen war, saß Kaito bewegungslos mit geschlossenen Augen.

Später zeigte Taloko den Gästen ihre Schlafkammer. Nach dem wunderbaren Shakuhachi-Spiel des Mönchs war Kaitos Neugier auf dessen ehemaligen Lehrer noch größer geworden. So bat er Taloko, mehr von ihm zu erzählen.

„Togana ist ein außergewöhnlicher Mann, vielleicht der beste Shakuhachi-Spieler im ganzen Land. Auf jeden Fall ist er der größte Shakuhachi-Lehrer, und sein Ruf ist schon bis ins Ausland gedrungen. Flötenspieler aus Nachbarländern nehmen beschwerliche Reisen auf sich, um ihn um Unterricht zu bitten. Doch Togana ist nicht glücklich."

„Wieso ist er nicht glücklich", fragte Kaito den Mönch, „wenn er so gut Shakuhachi spielt? Ich wäre überglücklich, wenn ich dieses wundervolle Instrument nur ein bisschen spielen könnte!"

„So hab ich es nicht gemeint, Kaito. Natürlich ist Togana kein unglücklicher Mensch. Im Gegenteil, er ist ausgeglichen, heiter – und ein Mann von großer Weisheit. Sein Flötenspiel ist so tief und schön, als käme es aus einer anderen Welt. Er kann aber auch streng sein, und das sieht manchmal wie Hartherzigkeit aus. Togana ist nicht nur ein makelloser Lehrer der Shakuhachi, sondern auch ein großer Lehrer des Lebens. Aber irgendein unsichtbarer Schatten lastet auf ihm, eine ungestillte Sehnsucht quält seine Seele. Ich habe es in einem vertraulichen Moment einmal gewagt, ihn darauf anzusprechen. Vielleicht tat ich es auf die falsche Art oder im falschen Augenblick. Jedenfalls erhielt ich keine Antwort auf meine Frage.

Togana schwieg, und wenn er schweigt, dann schweigt er wie ein Fels."

Der Mönch wies auf das Abendessen, das er ihnen auf einem Tablett mit auf die Kammer gebracht hatte.

„Bitte lasst mich nun auch schweigen. Bei Gelegenheit werde ich euch mehr über Togana erzählen. Jetzt solltet ihr euer Essen einnehmen, bevor es kalt wird. Morgen früh bringe ich euch ein Frühstück. Und denkt mal darüber nach, ob ihr auf eurer Reise zu Togana einen Begleiter gebrauchen könntet, der einen guten und sicheren Weg zu Toganas Haus kennt und euch in drei Tagen wohlbehalten ans Ziel führt."

Gutadeso und Kaito aßen mit großem Appetit, dann legten sie sich erschöpft in die bequemen Betten. Gutadeso gähnte und streckte seine Glieder.

„Meinen Respekt", brummte er zufrieden, „das sind mal anständige Matratzen, auf denen man herrlich schlafen kann. Ich habe schon in Klosterbetten gelegen, die so schmal waren, dass man die ganze Nacht auf der Seite liegen musste. Drehte man sich auf den Bauch oder Rücken, fiel man runter. Was meinst du, Kaito, sollen wir uns von Taloko zu Togana bringen lassen? Kaito – schläfst du schon?"

Am nächsten Morgen wurden sie von Taloko geweckt, der ihnen ihr Frühstück brachte.

„Welch edle Art, den Tag zu beginnen", brummte Gutadeso mit heiserer, noch verschlafener Stimme, „Frühstück am Bett!"

Taloko rückte den Tisch zwischen die beiden Betten, stellte das Tablett mit dem Frühstück darauf und wünschte den beiden Erwachenden einen guten Morgen. „Habt ihr meinen Vorschlag, euch zu Togana zu führen, inzwischen besprochen?"

Gutadeso richtete sich im Bett auf und antwortete: „Mir wäre es schon lieb. Ich weiß nur in etwa, wo Toganas Haus liegt. Wir müssten uns durchfragen. Und wir kommen in die Nähe Ogos, wo die Straßen unsicherer werden. Zu dritt könnte man sich besser verteidigen, falls das nötig werden sollte."

Taloko wandte sich strahlend zur Tür, drehte sich aber noch einmal um. „Ich habe unseren Abt Tintao bereits um Erlaubnis gebeten, euch zu Togana bringen zu dürfen. Er hat sie mir gegeben und mich gebeten, einen Brief an Togana mitzunehmen. Ich hole den Brief, und dann bin ich reisefertig. Lasst es euch inzwischen gut schmecken!"

„Er hat gewusst, dass wir ihn mitnehmen würden, bevor wir es wussten", sagte Kaito, als der Mönch gegangen war.

„Er kann anscheinend noch mehr, als gut Flöte spielen", antwortete Gutadeso und schenkte Kaito und sich Tee ein.

Bald darauf standen Kaito, Gutadeso und Taloko auf einem Hügel und warfen einen letzten Blick auf das Kloster, das weiß und friedvoll im hellen Licht der Morgensonne auf der Anhöhe thronte.

„Es ist ein gutes Kloster", sagte Taloko leise, „und ich bin gern dort, obwohl ich früher nicht im Traum daran gedacht hätte, Mönch zu werden."

„Was wolltest du denn werden?", fragte Kaito.

„Shakuhachi-Spieler!"

„Aber das bist du doch!"

Taloko schüttelte den Kopf. „Nein, nicht der, der ich hätte werden können, wenn Togana mich als Schüler behalten hätte. So bin ich nur einer unter vielen Shakuhachi-Spielern, vielleicht besser als der Durchschnitt, aber noch lange kein Könner. Nein – ich werde nie ein Meister der Bambusflöte sein, weil mir die richtige Hilfe fehlt. Allein komme ich zu langsam vorwärts – und einen anderen Flötenlehrer als Togana kann ich nicht mehr annehmen."

„Wieso?", fragte Gutadeso, „es gibt doch eine Reihe von Shakuhachi-Meistern im Land."

„Nein!" Talokos Stimme klang entschlossen. „Als Togana mich verabschiedet hatte, lief ich wie ein ausgesetzter Hund von einem Lehrer zum anderen. Allesamt sehr gute Shakuhachi-Lehrer, aber eben nur Shakuhachi-Lehrer."

„Ich verstehe dich nicht!", sagte Kaito und warf Taloko einen fragenden Blick zu. „Was muss ein Shakuhachi-Lehrer denn mehr sein als ein Shakuhachi-Lehrer?"

Der Mönch sah Kaito kurz an und erwiderte: „Er muss auch ein Lehrer des Lebens sein, denn das Spiel der Shakuhachi ist der Atem des Lebens. Seine Lebensweisheit muss genauso tief sein wie sein musikalisches Können. Er muss mehr sein als nur dein Lehrer, er muss dein Meister, dein Licht auf dem Weg in die Makellosigkeit sein. All dies auf einmal ist nur Togana. Und deshalb kann auch nur er einen Shakuhachi-Schüler zur wahren Meisterschaft der Bambusflöte führen. Alle anderen Lehrer können dir nur einen Teil seiner Kunst vermitteln. Doch das genügt nicht mehr, wenn du einmal bei Togana gelernt hast."

Nach diesen Worten wandte sich Taloko abrupt um und ging wortlos die Hügelkuppe hinunter. Er schlug einen zügigen Schritt an. Die beiden Freunde folgten ihm, ohne weitere Fragen zu stellen, denn sie hatten das Gefühl, dass der Mönch das Gespräch vorläufig nicht fortsetzen wollte.

Gegen Mittag erreichten die Wanderer einen Fluss. Sie rasteten an seinem Ufer im Schatten eines großen Ginkgo-Baumes. Kaito zog seine Kleider aus und erfrischte sich in dem klaren Wasser, schwamm mit schnellen, kräftigen Zügen gegen die Strömung, tauchte unter – und nach einer Weile ein Stück weiter flussabwärts wieder auf.

Als er schließlich triefend vor Nässe wieder aus dem Fluss stieg, fand er den Sänger und den Mönch in ein angeregtes Gespräch vertieft.

„Gut, dass du kommst, Kaito", rief der Wandermusikant. „Taloko hat mich eben nach dem Grund unserer Reise zu Togana gefragt, und ich habe ihm von deinem silbernen Amulett erzählt. Darf er es sehen?"

Kaito setzte sich ins Gras. Seine nasse Haut glänzte im Sonnenlicht. Er nahm seinen ledernen Brustbeutel in die Hände, zog das Medaillon daraus hervor und gab es dem Mönch, der es aufmerksam betrachtete. „Ein wunderschönes Stück", sagte er schließlich und reichte es Kaito zurück. „Und darin ist ein Zettel mit der Aufforderung, das Medaillon zu Togana zu bringen?"

Kaito nickte.

„Und dem Überbringer wird eine reiche Belohnung versprochen", ergänzte Gutadeso.

„Das ist eine seltsame Geschichte", murmelte Taloko, lehnte sich an den Stamm des Ginkgo-Baumes und schaute nachdenklich zur prächtigen Krone empor, deren Blätter im Sonnenlicht flimmerten.

„Es scheint", sagte er schließlich und wandte seinen Blick Kaito zu, „dass der heilige Mann, der am Tag deiner Geburt erschien, um deinen Eltern dieses Medaillon zu geben, deine Schritte ganz bewusst zu Togana leiten wollte. Vielleicht hat er in den Sternen gelesen, dass eine Begegnung mit Togana wichtig für die Entfaltung deines Schicksals ist. Die Frage ist nur, welcher Art die versprochene Belohnung sein wird."

Kaito und Gutadeso schauten Taloko erwartungsvoll an, doch der Mönch hob ratlos die Hände, als er ihre Blicke sah. „Schaut mich nicht so fragend an, ich weiß auch nicht mehr als ihr und kann dieses Rätsel nicht lösen. Das kann allein Togana."

Nach diesen Worten stand Taloko auf und hängte sich seine Tasche über die Schultern. „Vielleicht ist es ein altes, verlorenes Familienstück, und Togana wird es dir doppelt und dreifach in Gold aufwiegen. Vielleicht aber auch nicht, wer weiß?", sagte er und drängte zum Aufbruch.

Am Abend gelangten sie zu dem Haus eines Reisbauern, den der Mönch als einen guten und gastfreundlichen Mann beschrieben hatte, der für ehrliche Wanderer immer ein Essen und Nachtlager zu vergeben hatte. Sie wurden herzlich aufgenommen und mit Reis, Gemüse, Obst und frischem Brunnenwasser bewirtet. Als die Reisenden sich schließlich auf ihr Nachtlager zurückgezogen hatten, kam das Gespräch noch einmal auf Togana zurück.

„Du hast uns noch nichts über deine Lehrzeit bei Togana erzählt", sagte Gutadeso.

Taloko setzte sich auf seine Schlafstelle, und plötzlich wirkte sein Blick verschlossen, als habe die Erwähnung von Toganas Namen ein Gefühl in ihm ausgelöst, das er nicht zeigen wollte. Gutadeso bemerkte die Veränderung im Gesicht des Mönchs und sagte: „Wenn du nicht darüber sprechen magst, ist das in Ordnung. Ich sei ein viel zu neugieriger Mensch, sagte meine Mutter immer zu mir."

Taloko schüttelte den Kopf und sagte nach einer Weile: „Es sind schon fast fünf Jahre vergangen seitdem. Und immer noch trifft die Erinnerung mich manchmal mitten ins Herz und wird so stark, so lebendig, dass die Gegenwart daneben verblasst. Ich kann mir nicht helfen, es macht mich traurig."

„Was macht dich traurig?", fragte Kaito.

„Dass Togana mich nicht länger als Schüler haben wollte", sagte Taloko leise.

Eine Weile war es still im Zimmer. Dann sprach der Mönch weiter: „Ich habe es mir so sehr gewünscht, habe alles gegeben, was ich hatte, doch Togana war es nicht genug. Er ist ein so anspruchsvoller Lehrer, ein wunderbarer, aber unberechenbarer Mensch, ein Weiser, ein Schelm – aber vor allem seine Nähe ist es, seine unerklärliche Nähe! Sie ist wie Licht. Man atmet Licht in seiner Nähe. Und wenn man dieses Licht Tag für Tag geatmet hat, und eines Tages ist alles vorbei... Ich irrte von einem Shakuhachi-Lehrer zum nächsten, fand nirgendwo mehr meinen Frieden, nirgendwo dieses Licht. Ich hatte nur noch meine Shakuhachi und ein paar Fetzen am Leib, als ich eines Abends an das Tor des Klosters klopfte, wo ich euch kennen lernte. Man gab mir Essen, frische Kleider und ein Bett. Zum Dank half ich in der Küche und bei der Arbeit im Garten. Das freundliche Wesen der Mönche, deren Achtung ich durch mein Flötenspiel gewinnen konnte, tat mir gut. Aus einem Tag wurden zwei, aus zwei Tagen eine Woche. Dann lernte ich Abt Tintao kennen. Er stellte mir einige Fragen. Als er hörte, dass Togana mich als Schüler abgelehnt hatte und ich danach ruhelos durchs Land gezogen war, bot er mir an, eine Weile im Kloster zu bleiben, um meinen Seelenfrieden zurückzugewinnen. Seitdem lebe ich im Kloster. Ich habe in den Jahren dort viel gelernt – über mich und über den Sinn des Lebens. Ich wüsste kaum einen besseren Platz für mich als dort. Ich habe meinen Seelenfrieden gefunden, meine Meditation – und Freunde. Und Tintao ist ein weiser Abt, der jedem von uns die richtige Hilfe erteilt, wenn die Zeit dafür gekommen ist. Etwas von dem Licht Toganas strahlt auch aus ihm. Doch wenn Togana mich wieder als Schüler nehmen würde, ließe ich alles liegen und stehen und ginge zu ihm zurück! Aber das wird nicht geschehen. Togana hat noch nie einen Schüler zurückgeholt, den er einmal weggeschickt hat."

Nach Talokos Worten, die wie unter einem inneren Zwang über seine Lippen gesprudelt waren, war es still im Zimmer.

Gutadeso dachte an Etala, eine Frau, die er vor Jahren einmal sehr geliebt hatte. Auch sie hatte nach einigen Monaten nichts mehr von ihm wissen wollen. Das hatte weh getan. Doch es war lange vergessen. Wie tief musste Taloko der Abschied von Togana getroffen haben, wenn er nach Jahren noch so darüber sprach! Gutadeso wollte sein Mitgefühl mit einem Blick ausdrücken, doch der Mönch hatte seine Augen bereits geschlossen. Der Sänger warf einen Blick auf Kaito, der schon von Müdigkeit überwältigt schien, zog sich die Decke über den Körper und folgte ihm bald ins Reich der Träume.

Gleich sind wir am Ziel", sagte Taloko. „Am anderen Ende dieses Bambushains liegt Toganas Haus. Da – seht ihr den Bach? Wir sollten uns ein wenig erfrischen, bevor wir ihm gegenübertreten."

Gutadeso richtete einen forschenden Blick auf den Mönch. „Wird es nicht schwierig für dich sein, Togana ins Gesicht zu sehen? Vielleicht reißt eine alte Wunde wieder auf."

„Eine Wunde, die nie ganz verheilt, kann ruhig wieder aufreißen", sagte Taloko heftig, fügte dann aber in bedächtigerem Tonfall hinzu: „Sicher, es wird schwierig. Ich habe Angst davor. Doch ich sehne mich danach."

„Dann solltest du es tun", sagte Kaito, lief zum Bach und trank von dem klaren Wasser.

Taloko ging ihm nach und setzte sich neben ihn ins Gras. „Warum meinst du, dass ich es tun sollte?"

Kaito schaute dem Mönch mit einem offenen Blick in die Augen. „Weil es richtig ist, wenn man dem Ruf seiner Sehnsucht folgt."

„Das rät mir ein Junge, der noch nicht wissen kann, wie viel Leid und Traurigkeit den Wanderer auf dem Pfad der Sehnsucht erwarten. Tintao, unser Abt, lehrt uns, unsere Sehnsüchte und Begierden zu besänftigen, zu mäßigen und schließlich ganz aufzugeben. Denn sie machen uns unfrei und verdunkeln die natürliche Heiterkeit unseres Gemüts. Die Sehnsucht, das Begehren – sie sind der Anfang allen Elends, aller Enttäuschung und Bitterkeit. Ist es da nicht besser, seiner Sehnsucht den Rücken zuzukehren wie einem falschen Freund, der uns mit der Aussicht auf bunte Abenteuer lockt, um uns ins Unglück zu stürzen?"

„Ich kenne die Lehre der Bedürfnislosigkeit", mischte sich Gutadeso ins Gespräch, der sich zu den beiden ans Ufer des Bachs gesetzt hatte. „Sie klingt klug und logisch, doch sie hat einen kleinen Schönheitsfehler – sie widerspricht der menschlichen Natur. Der Mensch hat nun mal Träume und Sehnsüchte, er hat seine Begierden und seine Wünsche; gerade das gibt seinem Leben erst Würze und Spannung! Nehmt dem Menschen seine Sehnsüchte, seine Illusionen, seine Hoffnungen – und was passiert? Er bricht unter der Last seines grauen, unbefriedigenden Alltags zusammen!"

„Es geht darum", erwiderte der Mönch, „der Wahrheit ins Gesicht zu sehen, der Wahrheit des Lebens. Und die besteht darin, dass Träume in der Regel nicht in Erfüllung gehen, Illusionen meistens in Verzweiflung, Hoffnungen oft in Enttäuschung enden. Also ist es weiser, das wertzuschätzen, was ist. Das reine Sein zu leben, jeden Augenblick – denn die Wahrheit liegt immer im gegenwärtigen Augenblick verborgen, sie fließt mit uns den Strom der Zeit entlang. Wir sitzen in ihr wie in einem Boot. Doch anstatt die wunderbaren Wasserblüten, die Blumen und blühenden Sträucher an den Ufern zu betrachten und zu genießen, starren wir wie gebannt nach vorne, in die Zukunft. Und unser Paradies liegt immer hinter der nächsten Biegung des Flusses. So verpassen wir unentwegt den gegenwärtigen Moment, das einzige Tor zum Tempel der Wahrheit."

„Schön und gut", erwiderte Gutadeso und plätscherte mit seinen nackten Füßen im Wasser. „Doch gestatte mir eine Frage, Taloko: Wenn du im Besitz all dieser Einsichten bist und der Lehre der Bedürfnislosigkeit folgst, warum sehnst du dich danach, Togana wieder ins Gesicht zu sehen?"

Taloko schien Gutadesos Frage überhört zu haben.

Er starrte geistesabwesend auf das Wasser. Sein eben noch lebhafter Blick wirkte auf einmal leer und matt.

„Verzeih mir, Taloko, wenn ich dir zu nahe getreten bin. Ich frage mich nur, welchen Sinn eine Weisheitslehre und alle guten Einsichten haben, wenn man nicht nach ihnen zu leben vermag. Ist es da nicht besser und ehrlicher, auf alle hohen Erkenntnisse zu verzichten?"

Der Mönch schien aus seiner Erstarrung zu erwachen, schüttelte den Kopf und sagte schließlich mit leiser Stimme: „Es ist gut und richtig, Erkenntnis und Weisheit zu suchen, dem Leiden zu entgehen und das reine Sein zu leben. Leidlosigkeit erwächst aus Bedürfnislosigkeit, aus der Abkehr von Sehnsüchten und eigensüchtigen Begierden. Doch Togana ist stärker als meine Einsichten und Überzeugungen. Er lebt unentwegt das reine Sein, das ich nur dann und wann berühre – wie eine Frucht, die zu hoch hängt, als dass ich sie pflücken könnte. Ich springe, so hoch ich kann – und berühre sie doch nur mit den Fingerspitzen. Togana hingegen streckt nur den Arm aus – und die Frucht liegt in seiner Hand. Er teilt sie mit dir, und sie schmeckt nach allem, was du ersehntest. Doch sie erzeugt einen großen Hunger nach mehr. Und wenn Togana dich fortschickt, ohne diesen Hunger ganz befriedigt zu haben, wirst du bis ans Ende deines Lebens einen Mangel, eine Leere, einen hungrigen Mund in deinem Innersten fühlen, der um Nahrung bettelt. Ja, Togana kann dich zu einem Bettler machen – oder zu einem Kaiser. Die allermeisten hat er zu Bettlern gemacht. Deshalb halten ihn viele für einen gefährlichen, vertrauensunwürdigen Lehrer. Aber das ist er nicht. Er ist reines, makelloses Sein, manchmal weich wie Wasser, manchmal hart wie Fels – aber immer voller Licht. Wenn wir das Glück haben, sein Shakuhachi-Spiel zu hören, werdet ihr mich besser verstehen. Ich würde alles darum geben, noch einmal sein Schüler zu sein! Doch ich habe Angst, ihn darum zu bitten."

Kaito schenkte Taloko einen aufmunternden Blick. „Frag ihn doch einfach! Etwas Schlimmeres als ‚Nein' kann er nicht sagen."

Taloko lachte gequält. „Sicher, du hast recht. Aber manchmal kann ein einziges Nein wie ein Stich ins Herz wirken."

Kaito zuckte ratlos mit den Schultern und stand auf.

„Ich werde immer neugieriger auf Togana", sagte er. „Was mag er nur für ein Mensch sein?"

Togana stand mit verschränkten Armen auf der Veranda. Sein Blick schweifte langsam über den Garten, folgte dem geharkten Kiesweg bis ans Ende des Grundstücks, wo der Garten fast nahtlos in den Bambushain überging. Er atmete die frische Abendluft tief ein.

In diesem Augenblick traten zwei Männer aus dem Bambuswald hervor, gefolgt von einem Jungen. Togana war von ihrem Anblick nicht allzu überrascht; er hatte schon am Morgen gespürt, dass er am heutigen Tag Besuch bekommen würde, und seine Ahnungen trogen ihn nur selten.

Einer der Männer trug die schwarzweiße Kluft der Mönche des Shikucho-Ordens. Beim Näherkommen erkannte er in ihm seinen früheren Probeschüler Taloko. Der bärtige Mann mit der Katuka und der Junge in seiner Begleitung waren ihm fremd, doch als Toganas Blick auf das Gesicht des Jungen fiel, wurde er von einer seltsamen

Erregung erfasst, deren Stärke ihn überraschte. Er fasste sich jedoch schnell wieder und forderte die Ankömmlinge mit einer Geste der Hand auf, die Stufen der Veranda emporzusteigen, vor denen sie nach einem ehrfürchtigen, von Togana erwiderten Gruß stehen geblieben waren. Togana bat die Besucher zu den flachen Sitzkissen, die um einen niedrigen Bambustisch auf dem Boden der Veranda lagen.

Kaito betrachte Togana. Der Shakuhachi-Meister war ein kleiner, fast zierlicher Mann mit langen, weißen Haaren – eine in ihrer Zartheit fast zerbrechlich wirkende Gestalt. Beeindruckend war sein braunes, faltiges Gesicht, dessen Züge von Weisheit, Lebendigkeit und einer feinen Verschmitztheit geprägt waren.

Als die Gäste bequem saßen, nickte Togana einem jeden freundlich zu und sagte mit voller, warm klingender Stimme, die gar nicht recht zu seinem Körperbau zu passen schien: „Leider kann ich euch keinen Tee anbieten. Unser Teevorrat ist gestern ausgegangen. Mein Gehilfe ist bereits ins nächste Dorf gegangen, Reis, Tee, Honig und Salz einzukaufen, aber er ist noch nicht zurück. Mögt ihr mit frischem Wasser vorlieb nehmen?"

Taloko schüttelte höflich den Kopf. „Wir haben uns eben am Bach erfrischt."

Togana blickte Taloko an. „Du bringst Freunde mit, Taloko?"

„Ich wäre gern ihr Freund", entgegnete der Mönch, „doch ich bin nur ihr Wegbegleiter. Dies ist Gutadeso, Katuka-Spieler und Sänger – ein Wandermusikant mit Leib und Seele. Und das ist Kaito. Sie übernachteten in unserem Kloster, und ich erbot mich, sie zu dir zu führen, als ich hörte, dass dein Haus das Ziel ihrer Reise sei. Und ich bringe dir einen Brief unseres Abtes Tintao."

Togana stieß einen Laut freudiger Überraschung aus. „Tintao ist dein Abt? Da kannst du von Glück reden! Er ist ein guter Mann, der in das Wesen der Dinge zu sehen vermag und viel zu lehren weiß. Es freut mich, dass Tintao sich deiner angenommen hat!"

Taloko zog den Brief des Abtes aus seiner Umhängetasche hervor und reichte Togana den Umschlag über den Tisch. Der Flötenlehrer öffnete ihn und las die Schriftzeichen auf dem Reispapier mit unbewegter Miene. Einmal erschien die Andeutung eines Lächelns auf seinem Gesicht.

Schließlich faltete er das Papier zusammen, steckte es in den Umschlag zurück und wandte sich wieder seinen Gästen zu: „Was ist der Grund eures Kommens?"

Gutadeso blickte Togana ehrfürchtig an. „Ein rätselhafter Auftrag, dir etwas zu bringen, das du vielleicht vermisst, führt uns zu dir", begann er geheimnisvoll. „Ein weiser Mann und Sterndeuter gab es Kaitos Eltern am Tage seiner Geburt."

Togana warf Gutadeso und dann Kaito einen überraschten Blick zu. Fast vergessene Erinnerungen drängten sich machtvoll in sein Bewusstsein.

„Sprich weiter", sagte er mit belegter Stimme.

„Es ist", fuhr Gutadeso fort, sichtlich die Spannung auskostend, die seine Worte erzeugten, „es ist ein Amulett aus Silber mit einer eingravierten Shakuhachi."

Bei Gutadesos Worten sprang Togana auf – mit einer Schnelligkeit und Gewandtheit, die dem kleinen Mann, der um die sechzig sein mochte, kaum zuzutrauen war. Er blickte Gutadeso mit einer Miene an, in der sich die Erregung spiegelte, der Togana nicht mehr Herr werden konnte.

Kaito zog darauf seinen Lederbeutel über den Kopf, öffnete ihn und holte das Shakuhachi-Amulett daraus hervor. Toganas Blick verfolgte jeder seiner Bewegungen. Als er das Amulett auf Kaitos Handteller sah, schien sein zarter Körper zu erzittern. Kaito erhob sich, ging zu dem Meister und legte ihm wortlos das Medaillon in die Hand. Dann nahm er wieder auf seinem Sitz Platz. Togana starrte auf das Schmuckstück in seiner Hand, dann wieder auf Kaito. Schließlich hatte er sich so weit in der Gewalt, um mit heiserer Stimme sagen zu können: „Ich hatte nicht mehr gehofft, dieses Amulett jemals wieder zu sehen. Verzeiht mein sonderbares Verhalten. Ihr habt mir eine ungeahnte, kostbare Überraschung bereitet!"

„Das Medaillon hat einen Inhalt, Togana. Kennst du ihn?", fragte Gutadeso.

Der Flötenlehrer schüttelte überrascht den Kopf und öffnete mit unruhiger Hand den Verschluss. Er zog das kleine, mehrfach zusammengefaltete Stück Reispapier daraus hervor und las laut: „Bringe dieses Medaillon zu Togana. Er wird dich reich dafür belohnen."

Der Meister fuhr sich durch die weißen, auf die Schultern fallenden Haare und sagte: „Dieser Zettel stammt nicht von mir. Jemand anders hat ihn geschrieben und in mein Medaillon gelegt. Ich glaube, es war der Sterndeuter, von dem du gesprochen hast."

Nach einer Pause, in der Togana seine Erinnerungen zu erwecken schien, fuhr er fort: „Vor ziemlich genau dreizehn Jahren, müsst ihr wissen, saß ich hier auf der Veranda. Ich hatte gerade zu Mittag gegessen und war in einer betrübten Stimmung, denn ich hatte am Vortage mein geliebtes Shakuhachi-Amulett, das ich zu jener Zeit immer um den Hals trug, beim Schneiden von Bambusrohren auf unerklärliche Weise verloren – und, so sehr ich auch suchte, nicht mehr wieder gefunden. So blickte ich traurig in die Ferne, als ein Mann durch den Garten auf mich zukam. Seine Erscheinung, sein Gang, sein Gesicht kennzeichneten ihn als einen ganz besonderen Menschen, dem ich ohne Zögern mein Vertrauen schenkte."

Togana atmete tief ein. Dann setzte er seine Erzählung fort, die seine Gäste mit gespannten Mienen verfolgten.

„Der Mann hieß Tula, und er machte auf mich den Eindruck eines Sehers. Etwas ganz Besonderes war in seinem Blick, als schaue er durch die Oberfläche der Dinge – auf den Grund ihres Wesens. Ich glaube, er las in den Menschen wie in den Sternen. Er war etwa in meinem Alter – ein schlanker, sehniger Mann, dessen ganze Erscheinung Geheimnis atmete und höhere Einsicht – nicht einer jener Scharlatane, die sich an der Gutgläubigkeit der Menschen mästen."

Togana unterbrach ein weiteres Mal seine Erzählung, um einen Blick auf das Shakuhachi-Amulett in seiner Hand zu werfen. Und dann legte er es sich mit deutlichen Anzeichen von Freude um den Hals. „Dieses Medaillon ist für mich sehr wertvoll", erklärte er. „Ich bekam es von meinem geliebten Flötenlehrer und Meister Yotabana, und der bekam es wiederum von seinem Seelenführer. Ich schulde dir großen Dank, Kaito."

Der Meister lächelte Kaito an.

„Tula", fuhr Togana fort, „fragte mich auf den Kopf zu, ob ich in den letzten Tagen etwas verloren hätte, und ich beklagte den rätselhaften Verlust meines Shakuhachi-Amuletts. Tula nickte, als hätte er diese Antwort erwartet. Dann sagte er, manchmal kämen gewisse Dinge den Menschen abhanden, um bestimmte spirituelle Zwecke zu erfüllen. ‚Aber', fuhr er fort, ‚sei beruhigt, du bekommst das Amulett schon zurück. Hab nur Vertrauen und Geduld, denn es wird lange

Jahre dauern. Schließlich sagte er noch, dass der Überbringer dieses Medaillons eine besondere Belohnung verdiene, die nicht nur ihn, sondern auch mich reich mache. Ich sagte, ich verstünde das alles nicht, aber er lachte nur und sagte, er habe schon genug verraten. Damit verabschiedete er sich, eilte die Stufen hinunter, durch den Garten und verschwand im Bambuswald. Das war vor dreizehn Jahren. Ich musste in der Tat sehr viel Geduld aufbringen."

„Eine geheimnisvolle Geschichte", murmelte Taloko.

„Ja – ich habe später noch oft darüber nachgedacht", sagte Togana, „aber ich konnte mir keinen rechten Reim darauf machen. Und langsam gab ich fast alle Hoffnung auf, mein Amulett je wieder zu sehen. Deshalb war meine Überraschung so groß!"

Toganas Blick wandte sich Kaitos Gesicht zu. „Nun denn, Kaito, ich bin bereit, Tulas Versprechen einzulösen. Du hast einen Lohn verdient, du hast keine Mühen und Gefahren gescheut, um mir mein Amulett zu bringen."

Nachdenklich betrachtete er Kaito, und mit einem Mal ging ihm eine freudige Ahnung auf, wen ihm Tula, wen ihm das Schicksal nach so vielen Jahren des Wartens und der Sehnsucht geschickt hatte. Doch noch hatte er keine Gewissheit. „Und nun, Kaito, wähle deinen Lohn für die Überbringung des Medaillons!"

Kaitos Antwort auf Toganas Worte kam ohne Zögern: „Lass mich dein Shakuhachi-Spiel hören!"

Gutadeso schaute Kaito verwirrt an, und auch Talokos Blick spiegelte Überraschung wider. Gewiss, Toganas Shakuhachi-Spiel war himmlisch, aber es war auch schnell vorbei, und dann stünde Kaito so arm da wie zuvor. Hätte er sich da nicht besser seine Belohnung in Gold wünschen sollen?

Togana lächelte. „Das soll deine ganze Belohnung sein?", vergewisserte er sich.

Kaito nickte entschlossen. Seine Antwort war aus tiefstem Herzen gekommen, und er bereute sie nicht.

Togana stand auf. Seine Miene verriet Achtung. „Gehen wir auf den Dachgarten, junger Mann. Dort werde ich für dich spielen." Der Meister bedeutete Taloko und Gutadeso mit einer Geste, ihre Plätze auf der Veranda beizubehalten. Dann ging er ins Haus, und Kaito folgte ihm.

Kaito war auf Toganas einladende Geste hin die schmale Holztreppe emporgestiegen, die zu dem Dachgarten hinaufführte. Es war ein wunderschöner, ganz von blühenden Pflanzen und Sträuchern in Bambustöpfen umsäumter Ort.

Kaito ließ seinen Blick durch den lang gestreckten, gepflegten Garten wandern: über den Bambuswald hinweg bis zu der Hügelkette am Horizont, über der die Sonne – eine glühende, tiefrote Riesenkugel – sich langsam neigte.

Togana hatte für Kaito seine beste Shakuhachi ausgewählt, die besonderen, nicht tagtäglichen Anlässen vorbehalten war. Sie war vollendet gearbeitet und ruhte in einer mit kostbaren Perlmutterintarsien verzierten Holzkassette, aus der Togana sie jetzt nahm. Dann schloss er für eine kurze Meditation die Augen – und folgte Kaito auf den Dachgarten nach. Seine Ahnung war nahezu Gewissheit geworden, aber er zügelte die Freude, die sich in seinem Gemüt aufbäumte, denn noch mochte er sich vielleicht irren.

Toganas erster Blick fiel auf die Sonne, die feuerrot hinter den fernen Hügeln versank. Kaito hörte sein Kommen und drehte sich um. „Ein wunderbarer Sonnenuntergang, nicht wahr?", sagte der Meister lächelnd. „Ich werde mich von dem Sinken des Feuerballs anregen lassen. Möge mein Spiel die richtige Belohnung sein!"

Togana hob die Bambusflöte an seine Lippen, atmete ein und zauberte einen langgezogenen, auf und ab schwebenden Ton aus ihr hervor. Und wieder sank jene seltsame Mischung aus Sehnsucht und stiller Freude und Heiterkeit in die tiefsten Schichten von Kaitos Gefühl.

Die Stille nach dem ersten Ton war ein einziges erwartungsvolles Lauschen, zu dem alles Leben um Togana herum auf einmal erwacht schien. Der zweite Ton klang dringend und fordernd. Der dritte kam sofort danach, beruhigte, schenkte Vertrauen, um plötzlich in einer hochwirbelnden, pfeilschnellen Bewegung aufzufliegen – gleich vom Sturm mitgerissenen Blättern.

Und wieder eine Pause, der Nachhall der Klänge, das Lauschen, Warten, Hoffen auf die nächsten Töne – und endlich die Erlösung, das erneute Eintauchen in eine Zauberwelt, in der sich Kaitos Seele eine lang gesuchte Heimat zu eröffnen schien.

Der Junge schloss die Augen, verlor nach und nach das Gefühl für Zeit und Raum, wusste am Ende kaum mehr, wer er war. Jetzt existierte nur noch dieses überwältigende Fließen und Treiben in ihm – ein Gefühl, hoch über der Welt zu schweben. Er spürte nicht, dass seit Beginn von Toganas Flötenspiel Tränen aus seinen Augen flossen. Er sah nicht, wie Togana nach seinem Spiel, das mit dem vollständigen Versinken der Sonne hinter der Hügelkette sein Ende gefunden hatte, ihn anschaute, entdeckte nicht das wachsende

Lächeln auf dem Gesicht des Meisters, der mit der Shakuhachi in der Hand langsam auf Kaito zuging.

„Du bist der beste Zuhörer, den ich je hatte! Du hast mir mit deinem Lauschen nicht weniger gegeben, als ich dir mit meinem Spiel gab. So sind wir beide durch die Wahl deiner Belohnung reicher geworden, wie es in Tulas Sinn war. Doch ich glaube, er sah noch weiter, noch viel weiter."

Kaito öffnete die Augen. Togana stand, die Shakuhachi in der Rechten, nur wenige Schritte vor ihm. Sein Blick strahlte Wärme, schiere Lebendigkeit und Freude aus.

„Deine Belohnung – du hast sie so gut gewählt, Kaito", sagte Togana leise, „dass ich dir aus Freude darüber noch einen Wunsch erfüllen will! Was möchtest du am liebsten? Denk nicht – fühle es und sag es ohne Zögern!"

Kaito schloss seine Lider und suchte in der leuchtenden Verwirrung seines Gemüts nach einem Wunsch, einem Bedürfnis, einer Frage. Und dann kam sie aus den Tiefen seines Wesens über seine Lippen gesprudelt: „Ich möchte die Shakuhachi spielen!"

Togana schloss in einem Ansturm von Freude die Augen. Das war die Gewissheit! Kaito war es! Dieser Junge war der Schüler, auf den er so lange gewartet hatte! Togana hatte schon damit begonnen, sich mit der Trauer abzufinden, die ihn vor seinem Tod ergriffen hätte, wenn er aus diesem Leben geschieden wäre, ohne das Licht weitergegeben, ohne einen Schüler gefunden zu haben, der fähig und willens war, seine Lehre voll und ganz in sich aufzunehmen. Wie oft hatte er schon gehofft – und wie oft war er enttäuscht worden! Wie viele Schüler hatte er bereits angenommen und geprüft – unter ihnen manches viel versprechende Talent. Doch die Wege, die er mit ihnen gegangen war, waren irgendwann in eine Sackgasse gemündet. Dennoch hatten ihn viele seiner Schüler als unübertrefflichen Lehrer verehrt, und den meisten war der Abschied von ihm sehr schwer gefallen. Auch ihn hatte es oft genug traurig gemacht, ihre Ausbildung abbrechen zu müssen – und doch war ihm nichts anderes übrig geblieben, sobald er sicher erkannt hatte, dass sie nicht jenes Licht in sich trugen, das sein Meister in ihm erweckt hatte – und das er in einem, wenigstens einem seiner Schüler entzünden musste, wenn sein Leben nicht ganz umsonst gewesen sein sollte.

Dieses manchmal quälende Warten auf den ersehnten Schüler, der die Gabe des Lichts in sich trug, hatte oft genug wie ein schwerer Schatten auf seiner Seele gelegen und seine natürliche Heiterkeit gedämpft. Und nun stand seine Sehnsucht vor ihrer Erfüllung!

Togana ging mit diesen Gedanken, die in Sekundenschnelle durch sein Bewusstsein strömten, auf Kaito zu und drückte das tränennasse Gesicht des Jungen an seine Schulter. „Ich werde dich unterrichten, Kaito."

Fassungslos vor Überraschung stammelte Kaito: „Aber ich habe noch nie auf einer Shakuhachi gespielt."

Togana klopfte ihm aufmunternd auf den Rücken. „Umso besser, dann hat dir noch niemand etwas Falsches beigebracht", sagte er und lachte laut auf, lachte die ganze Freude über sein unverhofftes, spätes Glück in die Abenddämmerung hinaus. Kaito war spät gekommen, aber nicht zu spät. Togana war nicht mehr jung, aber die Zeit, die ihm noch blieb, würde reichen.

„Außerdem", fügte Togana hinzu und legte seine Hände auf Kaitos Schultern, „wäre ich mir an deiner Stelle nicht so sicher, noch nie auf einer Shakuhachi gespielt zu haben."

Kaito verstand nicht. „Wieso? Wenn es doch wahr ist!"
Togana schüttelte sanft den Kopf. „Wenn wir uns nicht an unsere früheren Leben erinnern können, heißt das nicht, dass wir sie nicht gelebt haben. So wie du mir zugehört hast – das kann nur jemand, der ganz tief mit der Shakuhachi verwachsen ist. Wer weiß, vielleicht warst du in deinem letzten Leben schon ein großer Shakuhachi-Spieler – und hast es nur vergessen."
„Und wenn es so war?", fragte Kaito gespannt.
„Dann werde ich dich daran erinnern", antwortete Togana mit verschmitztem Lächeln.

Gutadeso und Taloko erhoben sich von den Sitzkissen, als Togana und Kaito zurück auf die Veranda kamen.
„Dein Spiel war wie das Feuer der untergehenden Sonne, Togana. Es hat mein Herz erhellt, erwärmt und mit tiefer Freude erfüllt", sagte Taloko und verneigte sich in Bewunderung.
Gutadeso schien nach Worten zu suchen, um seine Gefühle auszudrücken. Schließlich schüttelte er nur den Kopf und lächelte.
„Ich danke euch", sagte der Meister. „Es wird allmählich kühl. Gehen wir ins Kaminzimmer und entzünden ein Freudenfeuer. Dies ist der Tag, auf den ich sehr lange gewartet habe." Togana wandte sein Gesicht dem Garten zu. Er hatte das Geräusch von Schritten auf dem Kiesweg gehört. „Da kommt Yinwa, mein Gehilfe, mit den Lebensmitteln."
Die Männer blickten in das Halbdunkel des Gartens, aus dem ein Mann mit schnellen Schritten auf die Veranda zu kam.

„Sei gegrüßt, Yinwa! Dies sind Kaito, Gutadeso und Taloko. Sie werden zum Abendessen bleiben und die Nacht im Gartenhaus verbringen. Bitte bereite alles für ihre Übernachtung vor. Doch zuerst richte uns ein Abendessen. Und tische den Pflaumenwein auf, den ich für einen besonderen Anlass zurückgestellt habe."

Yinwa, der einen prall gefüllten Ledersack auf dem Rücken trug, nickte und ging ins Haus.

Bald prasselte das Feuer im Kamin und füllte die Blicke der Männer mit Ruhe, ihre Körper mit Wärme und ihren Geist mit Entspannung. Eine ganze Weile lauschten sie der wilden und doch so besänftigenden Musik des Kaminfeuers. Dann knurrte Gutadesos Magen laut und lustig.

Togana lachte und sagte: „Yinwa wird uns gleich zum Abendessen in die Küche bitten. Doch zuvor möchte ich euch, Gutadeso und Taloko, aus ganzem Herzen dafür danken, dass ihr Kaito wohlbehalten zu mir geführt habt."

„Oh", sagte Gutadeso, der das Gefühl hatte, dass ihm zu viel Ehre erwiesen wurde, „das ist nicht der Rede wert, Togana. Ich war ohnehin auf dem Weg nach Ogo und suchte einen vertrauenswürdigen Reisegefährten, denn zu zweit reist es sich besser. Da kam mir Kaito gerade recht."

„Und ich", ergänzte Taloko, „wollte für ein paar Tage hinaus in die Welt. Man vergisst als Mönch mit der Zeit, was außerhalb der Klostermauern vor sich geht. Außerdem – außerdem wollte ich dich wiedersehen – und..."

Taloko schluckte und senkte seinen Blick. Er verspürte Angst, Togana zu bitten, ihn noch einmal als Schüler aufzunehmen, Angst vor seinem Nein, das mit größter Wahrscheinlichkeit kommen würde. Togana sah den in sich zusammensinkenden Mönch mit einem Blick voller Mitgefühl an. „Quäle dich nicht mit deiner unausgesprochenen Frage, Taloko. Das Schicksal hat sie überflüssig gemacht, denn ich habe einen neuen Schüler!"

Talokos Kopf zuckte erschrocken in die Höhe. „Wen?"

„Du hast ihn zu mir geführt, Taloko. Er sitzt neben dir!"

„Kaito? Kaito?"

Togana nickte ernst.

Taloko warf Kaito einen verständnislosen Blick zu. Dann suchte er die Augen des Meisters, doch der hatte sich wieder dem Kaminfeuer zugewandt. Als habe er Talokos Gedanken gelesen, sagte Togana: „Ich hätte dich auch nicht als Schüler annehmen können, wenn du allein gekommen wärst. Es tut mir leid, Taloko. Du bist besser bei Tintao als bei mir aufgehoben. Er kann viele Suchende auf einmal führen, er kann seine Weisheit auf fünfzig Mönche verteilen. Ich hingegen kann mich nur voll und ganz einem einzigen Schüler widmen."

Taloko saß mit gesenktem Kopf und hängenden Schultern wie die Verkörperung der Traurigkeit vor dem Kamin. Kaito stand auf, trat neben ihn und legte die Hände auf seine Schultern. Der Mönch sah auf, blickte auf Kaitos Hände und sagte mit belegter Stimme: „Die richtigen Hände hast du ja, Kaito. Schlank, mit langen, geschmeidigen Fingern."

„Und das richtige Herz hat er auch", ergänzte Togana. „Sonst lägen seine Hände jetzt nicht auf deinen Schultern."

Nach dem ausgedehnten Abendessen forderten die Anstrengungen der Reise und die Geschehnisse des Abends ihren Tribut. Kaito fielen fast die Augen zu, und Gutadeso konnte ein lautes Gähnen nicht zurückhalten. So führte Yinwa die Gäste schließlich ins Gartenhaus, wo er zuvor Schlafmatten und Decken für sie bereitgelegt hatte.

Trotz ihrer Müdigkeit fand keiner von ihnen schnell in den Schlaf. Zu viele Gefühle schwangen in ihnen nach, zu viele Fragen und mögliche Antworten hielten sie wach.

Taloko wurde immer wieder von dem Gedanken geplagt, dass die Menschen allesamt nur Figuren in den Händen göttlicher Spieler seien, die ihr Schicksal zu ihrem Vergnügen lenkten. Besonderes Vergnügen hatten sie dabei sicherlich mit ihm gehabt, der Togana unwissentlich jenen neuen Schüler zugeführt hatte, der er selbst für sein Leben gern gewesen wäre.

Gutadeso war stolz auf seinen jungen Freund. Dass Togana ihn kurzerhand als neuen Schüler angenommen hatte, zeigte Gutadeso, dass der Meister Kaitos Außergewöhnlichkeit erkannt hatte. Aber wie konnte Togana wissen, ob sie sich auch auf musikalischem Gebiet erweisen würde? Es schien ihm jedenfalls den Versuch wert, es herauszufinden – und das bedeutete bei einem Mann wie Togana schon sehr viel.

Die allerwenigsten Gedanken machte sich Kaito. Er lag mit geschlossenen Augen auf dem Rücken und ging vollkommen in dem Gefühl von Freude und Dankbarkeit auf, das die Begegnung mit Togana in ihm hinterlassen hatte. Es war ihm, als hätten die Götter seit seinem Abschied von den Eltern und Brüdern ihre Hände schützend über ihn gehalten und sein kleines Boot sicher in den ersten Hafen seines neuen Lebens geführt. Er ahnte, dass er hier eine Weile bleiben und vielleicht eine zweite Heimat finden würde; einen Ort ohne ödes Alltagseinerlei; ein Zuhause, das abenteuerlich wie eine

Reise sein konnte – die Reise in die wunderbare Klangwelt der Shakuhachi, in die ihn jener Mann führen würde, der seiner Sehnsucht ein Ziel geschenkt hatte.

Nach dem Frühstück saßen Togana, Kaito, Gutadeso und Taloko schweigend in der Morgensonne um den Verandatisch. Gutadeso blickte in den wolkenlosen Himmel: „Es scheint ein heiterer Tag zu werden. Bei solchem Wetter fällt der Abschied nicht so schwer."

Kaitos Blick fiel traurig auf das Gesicht seines Freundes. Er hatte Gutadeso während ihrer gemeinsamen Reise von Tag zu Tag lieber gewonnen, und der Gedanke, in Zukunft seine Nähe und sein Katuka-Spiel entbehren zu müssen, betrübte ihn.

„Es ist ja kein Abschied auf ewig", ergänzte der Wandermusiker und warf Kaito einen ermunternden Blick zu, der ihm gar nicht so leicht fiel, denn auch er hatte sich an die Begleitung seines jungen Freundes gewöhnt, an seine heitere Art und innere Wachheit, die Kaito für ihn trotz seiner Jugend zu einem gleichberechtigten Reisegefährten gemacht hatten.

„Ich werde nach Ogo gehen und dort ein bisschen für die Leute spielen", fuhr Gutadeso fort. „Mein Geldbeutel ist leer wie der Magen des Asketen. In zwei Monaten kann ich dort genug mit Straßenmusik verdienen, um eine Weile wieder unabhängig zu sein – und weiter durchs Land zu ziehen."

„Wo wohnst du in Ogo?", erkundigte sich Taloko.

Auf Gutadesos Gesicht erschien ein Lächeln, bevor er antwortete: „Oh, ich kenne dort eine liebe Frau. Als ich zuletzt in Ogo war, ließ sie mich bei sich schlafen. Ich hoffe, dass sie noch immer einen Platz in ihrer Wohnung und in ihrem Herzen für mich hat."

„Und wenn du genug Geld verdient hast?", fragte Kaito.

„Dann bleibe ich noch eine Weile in Ogo, oder ich ziehe weiter nach Westen, zum Meer. Ich würde gern wieder an einem Strand sitzen und der Musik der Brandung lauschen."

„Dann werden wir uns wohl lange nicht mehr sehen", sagte Kaito leise.

Gutadeso setzte zu einer schnellen, abwehrenden Antwort an, doch er hielt seine Zunge im Zaum – denn er wollte Kaito nichts versprechen, was er vielleicht doch nicht halten konnte. Wenn unvorhersehbare Ereignisse und Begegnungen ihn in ihren Bann zogen, war auf seine Pläne kein Verlass mehr. Er war nun mal ein Schmetterling, der unstet von Blüte zu Blüte gaukelte, immer auf der Suche nach dem Duft, der alle Düfte in sich vereinte.

„Darf ich dich nach Ogo begleiten?", erbot sich Taloko – und fügte auf Gutadesos überraschten Blick hinzu: „Ich denke dabei auch an mich. Vielleicht tut mir das bunte Treiben der Stadt nach den Jahren im Kloster gut."

Gutadeso nickte. „Ja. Ich gehe gern mit dir nach Ogo. Vielleicht können wir dort zusammen Straßenmusik machen. Und meine Freundin kann dir sicher auch einen Schlafplatz besorgen."

„Erwartet Abt Tintao dich nicht in Bälde im Kloster zurück?", mischte Togana sich in das Gespräch. „Er könnte sich Sorgen um dein Wohlergehen machen. Ogo ist eine wilde Stadt. Sie könnte dich verführen, dem Kloster fernzubleiben."

Taloko schloss die Augen, als suche er konzentriert nach einer Antwort auf Toganas Frage. Schließlich schlug er seine Lider auf, sah

Togana wehmütig an und sagte: „Seit du mich von dir fortgeschickt hast, weiß ich ohnehin nicht mehr, wohin ich gehöre."

„Du gehörst dorthin", entgegnete der Meister mit fester Stimme, „wo du dich am besten entfalten kannst, denn Entfaltung ist der Sinn der Seele."

Der Mönch schüttelte abwehrend den Kopf. „Am besten könnte ich mich in deiner Obhut entfalten. Doch das ist nicht möglich. Und alles andere kann mich nicht mehr befriedigen! Was soll ich tun?"

„Versuche das Beste aus deinen Möglichkeiten zu machen, Taloko! Schätze das Gute, liebe das Bessere und sehne dich nach dem Besten. Und schau nach vorne, nicht zurück. Verweile nicht traurig vor einer Tür, die sich dir verschloss, sonst verlierst du den Blick für die Möglichkeiten, die sich dir bieten."

„Mir bieten sich mehrere Möglichkeiten. Doch woran erkenne ich die beste? Wäre es gut für mich, Gutadeso nach Ogo zu begleiten? Oder sollte ich besser geradewegs ins Kloster heimkehren?"

Togana atmete tief ein und sagte: „Lass mich mit einer Geschichte auf deine Frage antworten. Ich möchte sie dir zum Abschied mit auf den Weg geben, wohin er dich auch führen mag. Es ist die Geschichte über das Gute, das Bessere und das Beste."

Taloko, Kaito und Gutadeso blickten den Meister erwartungsvoll an. Und Togana erzählte:

„Ein Suchender fand nach langen Jahren unermüdlicher Suche einen Mann, von dem viele Menschen sagten, er sei ein Weiser. Er ging zu ihm und bat um ein Gespräch. Der Weise nickte lächelnd. Der Suchende setzte sich und sah ihm in die Augen. Plötzlich schienen ihm alle Fragen unwichtig, die er hatte stellen wollen – doch dann lachte der Weise, und der Suchende fühlte sich ausgelacht.

‚Lachst du über mich?', fragte er verwirrt.

Der Weise lachte nur noch lauter. Und der Suchende wurde plötzlich unsicher, ob er wirklich an einen weisen Mann geraten sei. So beschloss er, ihn mit einigen Fragen zu prüfen.

‚Meinst du nicht auch, dass das Gute der schlimmste Feind des Besseren ist? Denn wir halten oft ängstlich am Guten und Bewährten fest und rauben uns damit die Kraft und den Mut, entschlossen das Bessere zu suchen.'

Der Weise nickte.

‚Und ist es nicht so, dass das Bessere wiederum der ärgste Feind des Besten ist – weil es uns so zufrieden macht, dass wir die Sehnsucht nach dem Besten, dem Vollkommenen verlieren?'

Der Weise nickte abermals.

‚Ich habe immer das Beste gesucht', bekannte der Suchende, ‚seit dem Tag, als meine Suche begann. Ich fand viel Gutes in anderen Menschen, zwischen anderen und mir und auch in mir. Doch ich ließ es zurück, ging weiter und fand das Bessere. Ich wurde zufrieden und glaubte manchmal sogar, dass ich glücklich sei. Doch meine Sehnsucht nach dem Besten, dem Unübertrefflichen trieb mich schließlich weiter. Ich ließ traurige Herzen auf meinem Weg zurück – und mein eigenes Herz wurde selbst dabei traurig.'

Der Weise nickte.

‚Viele sagen, du seist ein weiser Mann. Wenn es so ist, sage mir, ob es das Beste, das Vollkommene gibt, ob es zu erlangen ist – oder eher dem Horizont gleicht, der immerzu vor dem Wanderer zurückweicht, der ihn erreichen will. Denn wenn das Beste nicht erreichbar ist, soll man sich dann nicht lieber mit dem Guten und Besseren zufrieden geben?'

Der Weise schüttelte den Kopf und antwortete: ‚Gib dich mit dem zufrieden, was dich zufrieden macht. Und werde glücklich mit dem, was dich glücklich macht. Doch gib die Hoffnung nicht auf, das Beste finden zu können. Es existiert, und wenn du es kennst, weißt du es jenseits aller Zweifel. Denn das Vollkommene schenkt dir den klaren Blick ins Herz des Lebens. Solange du noch Sehnsucht nach dem Besten verspürst, wirst du es suchen müssen.'

Der Suchende bedankte sich für die Antwort, verbeugte sich achtungsvoll zum Abschied und verließ den Weisen mit Licht im Herzen."

Nach Toganas Erzählung war es still auf der Veranda. Schließlich stand der Meister auf, zog einen Umschlag aus seinem Kimono hervor und reichte ihn Taloko.

„Dieser Brief ist für Tintao. Ich will nun ein wenig im Bambuswald umhergehen."

Damit verabschiedete er sich herzlich und mit guten Wünschen für den weiteren Weg von Taloko und Gutadeso, die schweigend seinen Gang verfolgten, bis der Bambushain den Meister ihren Blicken entzog.

„Ich gehe mit dir nach Ogo", sagte Taloko zu Gutadeso.

„Ich würde gerne mit euch ziehen", bekannte Kaito mit sehnsuchtsvoller Stimme. „Ich habe noch nie eine richtige Stadt gesehen. Aber ich muss hier bleiben."

„Du wirst Ogo schon noch sehen", sagte Gutadeso und legte seine Hand auf Kaitos Schulter. „Vielleicht geht Togana mit dir dorthin. Und wenn du dort bist, frage auf jeden Fall nach dem Gasthaus ‚Zum goldenen Drachen' – und dort nach Yotala; sie ist meine Freundin. Sie wird dir sagen können, wo ich bin."

Kaito nickte entschlossen. „Das werde ich tun." Dann warf er Taloko einen bittenden Blick zu, den der Mönch richtig verstand. Er stand auf und sagte: „Ich gehe schon einmal ein Stück voraus, Gutadeso, und warte dort am Gartenhaus auf dich. Und dir, Kaito, wünsche ich aus ganzem Herzen, dass du länger bei Togana bleiben mögest als ich. Glaube mir: Ich habe die Zeit bei ihm nie bereut, auch wenn ich seitdem nicht mehr weiß, wo ich hingehöre."

Als der Mönch gegangen war, sagte Kaito: „Ich werde dich vermissen, Gutadeso. Hoffentlich sehen wir uns bald wieder."

Der Sänger schluckte und nickte aufmunternd. „Bestimmt sehen wir uns bald wieder", sagte er in zuversichtlichem Ton, doch ein Lächeln wollte ihm nicht so recht gelingen.

„Wenn du wieder nach Batago kommst, bitte sag Miata, dass ich oft an sie denke – und sie so bald wie möglich besuchen werde. Sag ihr, dass ich immer ihre Perlenkette um den Hals trage."

Gutadeso nickte. „Du hast mein Wort."

In stillem Einverständnis standen die beiden Freunde auf und schauten sich in die Augen. Dann umarmten sie sich – und in diesem Augenblick waren sie sich so nah wie nie zuvor.

Als Togana einige Tage später von einem Gang durch den Bambuswald zu seinem Haus zurückkehrte, fand er Kaito auf der Veranda sitzend vor. Er ließ sich neben ihm nieder, und gemeinsam blickten sie eine Weile auf den Garten hinaus. Es war ein heiterer, sonniger Tag, der den Garten in Licht und Wärme tauchte und mit frischem Leben beschenkte.

„Nun bist du schon eine Woche hier", sagte Togana.

„Aber du hast noch immer nicht mit dem Unterricht angefangen", erwiderte Kaito, der es kaum mehr erwarten konnte, von Togana in die Wunderwelt der Shakuhachi eingeführt zu werden.

Togana schmunzelte. „Ich wollte dir etwas Zeit geben, dich an deine neue Umgebung zu gewöhnen."

Kaito nickte. „Ich fühle mich sehr wohl hier – und schlafe gern in dem Gartenhaus. Alles hier ist so friedlich und schön, und Yinwa ist immer freundlich zu mir. Er ist nur oft recht wortkarg, als halte er nicht viel vom Reden."

Togana nickte langsam. „Das war nicht immer so, Kaito. Noch vor wenigen Jahren war Yinwa als vortrefflicher Redner in ganz Ogo bekannt. Wenn er sprach, hingen Hunderte von Zuhörern wie gebannt an seinen Lippen."

Kaito warf dem Meister einen ungläubigen Blick zu. „Und warum ist er jetzt so schweigsam?"

„Er hat sich verändert, seit er mein Gehilfe ist", erklärte Togana. „Du musst wissen, dass Yinwa ein sehr gelehrter und belesener Mann ist, auch wenn er es jetzt nur noch selten zeigt. Bevor er zu mir kam, war er ein hoch geachteter Weisheitslehrer an der Hochschule von

Ogo, aus der die größten Gelehrten unseres Landes hervorgehen. Yinwa sprach täglich vor seinen Studenten über den Sinn des Lebens, die Bedeutung des Suchens, über das Labyrinth der Liebe und zu Fragen des Todes und der Wiedergeburt. Er hat unzählige Schriften studiert und sogar selbst ein tiefsinniges Buch geschrieben. Yinwas Studenten waren von seinen Vorlesungen begeistert, und die anderen Hochschullehrer begegneten ihm mit Hochachtung. Alle Bürger von Ogo hielten ihn für einen weisen, zufriedenen Mann, dem die göttliche Gnade höherer Erkenntnis zuteil geworden war. Aber Yinwa war weder weise noch zufrieden, denn seine Weisheit kam nicht aus ihm selbst – sie war angelesen. Er hatte sie sich aufgesetzt wie einen Hut. Mit diesem Hut ging er morgens zur Hochschule, und seine Studenten waren so gebannt von der Klarheit und Spannung seines Vortrags, dass sie den Mann für den Hut hielten. Dabei hatte Yinwa nur die Fähigkeit, angelesenes Gedankengut so geschickt aufzubereiten und mit persönlichen Beigaben zu würzen, dass es wie sein eigenes erschien.

Als manche Bürger begannen, ihn den ‚Weisen von Ogo' zu nennen, bekam Yinwa schließlich Gewissensbisse, denn er wusste, dass sein Ruf nicht mit seinem Leben übereinstimmte. Im Grunde war er ein unausgeglichener Mann, mal heiter, mal betrübt – und häufig mit sich und der Welt in Zwist. Er suchte – wie alle Menschen – das Glück. Doch die Wege zum Glück, die er vor seinen Studenten so deutlich und überzeugend beschreiben konnte, hatten sich in seinem eigenen Leben als untauglich erwiesen. Er war zwar wohlhabend, hatte ein großes Haus in bester Lage, wurde von vielen verehrt und bewundert – und besaß eine große Anzahl sogenannter Freunde. Doch das Glück konnte Yinwa in seinem so erfolgreichen Leben nicht aufspüren. Zog er sich in sein Arbeitszimmer zurück und schloss die Augen, fühlte er oft eine solche Unruhe und Unzufriedenheit in sich, dass sein ganzes Wissen über die Wege zu innerer Harmonie und Zufriedenheit ihm zu spotten schien.

Schließlich begriff Yinwa eines Tages, dass Gedanken nichts Wesentliches in ihm veränderten, solange sie nicht aus seinem eigenen Herzen kamen. Doch als er darauf in die unausgeloteten Tiefen seines Herzens zu steigen begann, erfasste ihn Angst vor der Dunkelheit, vor der Leere – und vor sich selbst. Und so kehrte er um und führte sein Doppelleben noch eine Weile fort: nach außen hin ein wissender, vom Schicksal begünstigter Mann in den besten Jahren, doch innen ein von Zweifeln und Ängsten geplagtes, großes Kind, das im Dunkeln tappte.

Um sich abzulenken, arbeitete er mehr und mehr. Seine Vorträge wurden immer brillanter, und sein Ruf drang über die Grenzen Ogos hinaus – bis an den Hof des Kaisers. Doch Yinwa litt von Tag zu Tag mehr unter seiner Unzulänglichkeit und sagte sich: ‚Nach außen hin verströme ich Licht mit meinen Worten, doch in mir ist nichts als Dunkelheit. Bin ich dazu verdammt, eine Laterne zu sein, die andern den Weg erhellt, doch ihr eigenes Licht nicht sehen kann?'

An diesem Punkt seines Lebens führte das Schicksal ihn zu mir", sagte Togana. „Das war vor drei Jahren. Es war ein herrlicher, frischer Tag wie heute. Ich hatte mir Tee gemacht und saß hier auf der Veranda. Yinwa verneigte sich ehrerbietig, stellte sich vor und gestand, dass ihn die Neugier, mich kennen zu lernen, zu mir getrieben habe. Einer seiner Studenten, ein Shakuhachi-Spieler, hatte ihm von mir erzählt. Ich bat Yinwa, sich zu mir an den Tisch zu setzen und Tee mit mir zu trinken. Er bedankte sich erfreut, nahm Platz, und ich goss uns ein. Noch bevor er einen Schluck Tee getrunken hatte, plapperte er los. Er sprach über das Wesen der Dinge, über das Licht und den Pfad der Erkenntnis, über die verführerischen Trugbilder der Begierde. Er hielt mir eine regelrechte Vorlesung – und hörte erst auf, als sein Tee in der Schale kalt geworden war. Ich hatte schnell gewahrt, dass Yinwas Weisheit nicht aus seinem Inneren kam, doch ich ließ ihn reden. Schließlich gönnte er sich eine Atempause, und ich sagte: ‚Du verstehst es so gut, dich mit fremden Federn zu schmücken, dass man dich dahinter nicht erkennen kann. Sag, kannst du dich wenigstens selbst erkennen?'

Jetzt war er still – endlich! Und ich hörte wieder den Wind in den Bäumen, das Zwitschern der Vögel."

Togana lachte. „Aber du hättest sein Gesicht sehen sollen, Kaito! Yinwa sprang beleidigt auf, und seine Augen blitzten zornig. ‚Ist das deine Art von Gastfreundschaft, Togana, deine Gäste zu verletzen?', schrie er mich an. Doch im nächsten Moment war sein Gesicht schon nicht mehr wütend, sondern eher traurig. Er wandte es von mir ab, als sei es ihm peinlich, mir seine Gefühle offenbart zu haben. Als er sich wieder umdrehte, sah er mich zum ersten Mal richtig an. Zögernd setzte er sich schließlich wieder an den Tisch, ohne den Blick von meinem Gesicht zu nehmen.

Ich lächelte ihn freundlich an. ‚Was soll ich machen, Yinwa', sagte ich, ‚wenn du mich sonst nicht hörst? Soll ich dein leeres, kaltes Wissen loben, wie die anderen Menschen auch, die du mit ihm zu blenden weißt? Soll ich das machen, wenn du es selbst viel besser weißt? Nein, Yinwa, die Einsicht ist warm, wenn sie aus dem Herzen fließt – doch sie wird kalt und leblos, wenn sie nur aufgesagt wird wie ein auswendig gelerntes Gedicht. Warum trägst du so viel überflüssiges Wissensgepäck mit dir herum? Kaum findest du einen Menschen mit zwei Ohren, versuchst du schon, ihm etwas aufzubürden, weil du unter deiner Last zusammenzubrechen drohst. So wirst du schließlich zu einem neunmalklugen Plapperaffen, der in seinem eigenen Redefluss ertrinkt. Warum wirfst du dein Gepäck nicht einfach ab? Du wirst überrascht sein, wie wenig du in Wirklichkeit brauchst – und wie frei du dich fühlen kannst! Warum willst du eine wandelnde Bibliothek sein, wenn du in dir selbst eine Stimme finden kannst, die dir die einzig richtigen Antworten auf deine Fragen geben kann?'

Nach meinen Worten war Yinwa still und sah mich mit nachdenklichen, aber auch verwirrten Augen an. Ich erwiderte seinen Blick. Plötzlich begann Yinwa zu lächeln, erst scheu und unsicher, doch dann immer mutiger und strahlender. Erst in diesem Augenblick war er bei mir angekommen. ‚Willkommen, Yinwa', sagte ich leise, ‚in diesem Lächeln wohne ich.'

‚Wenn du in diesem Lächeln wohnst, lass mich in deiner Nähe leben', antwortete Yinwa. ‚Bitte lass mich dein Schüler sein!' Ich schüttelte den Kopf. Ein berühmter Weisheitslehrer aus Ogo bittet mich Hals über Kopf, ihn als Schüler aufzunehmen! Stell dir das vor!"

Kaito schaute Togana gebannt an. „Und", fragte er ungeduldig, „hast du ihn aufgenommen?"

„Ich erklärte ihm, dass ich bereits einen Schüler unterrichten würde", erwiderte der Meister. „Daraufhin erbot Yinwa sich, mir als Gehilfe in Haus und Garten zu dienen. Auf meine Frage, was für einen Lohn er dafür erwarte, erwiderte er: ‚Mein Lohn wird die Hoffnung sein, in deiner Nähe den Einklang zwischen meinem inneren und äußeren Leben zu finden. Dafür werde ich dein äußeres Leben möglichst frei von Mühsal und Arbeit halten, damit du dich ganz dem Unterricht deines Schülers widmen kannst. So wäscht eine Hand die andere!'

Nun – ich konnte Hilfe bei der Pflege des Gartens brauchen, auch bei der Arbeit in Haus und Küche und dem Beschaffen der Lebensmittel. Yinwa erschien mir vertrauenswürdig und zuverlässig – also willigte ich ein.

Nun lebt er schon seit drei Jahren im Südzimmer des Gartenhauses. In dieser Zeit wohnten bereits elf Probeschüler im Nordzimmer. Sie kamen und gingen – doch Yinwa blieb. Und er ist jetzt weiter denn je davon entfernt, nach Ogo zurückzukehren. Er hat viel gelernt in diesen Jahren, hat viel Ballast abgeworfen und sich von einer gelehrten Plappertasche zu einem Mann gemausert, der nur redet, wenn es etwas zu reden gibt. Ich habe ihn mehr und mehr schätzen gelernt, und er ist nun schon eher ein Freund als ein Gehilfe für mich. Du bist nun sein neuer Nachbar, Kaito. Ich bin sicher, dass du mit ihm gut auskommen wirst."

Mit diesen Worten stand Togana auf und zog sich ins Haus zurück. Auf der Schwelle drehte er sich noch einmal um und sagte: „Bald fangen wir mit dem Unterricht an."

Am nächsten Nachmittag winkte Togana Kaito zu sich auf die Dachterrasse hoch. In den Händen hielt er eine längliche Kassette aus Sandelholz. „Dies ist fürs Erste deine Shakuhachi, Kaito. Es ist eine kürzere und etwas schmalere Bambusflöte, gerade richtig für dich. Du bist noch im Wachstum und könntest mit einer normalen Shakuhachi nur schwer umgehen. In einigen Jahren werden deine Hände größer und deine Finger länger sein. Dann bekommst du eine von meinen Flöten."

Kaito verbeugte sich voller Freude und empfing die Kassette. Er kniete sich auf den Boden und entnahm das Instrument behutsam dem schützenden Holzkästchen. Er betrachtete es, befühlte und beroch es.

„Setz es an die Lippen, so wie ich", sagte Togana und führte seine Shakuhachi an den Mund.

Kaito tat es ihm nach.

„Und nun bedecke alle Löcher mit deinen Fingern. So. Ja, genau so. Und nun blase hinein – nicht zu heftig, nicht zu sanft. Versuche, ihr den ersten Ton zu entlocken."

Kaito holte tief Luft und blies, doch kein Ton kam aus dem Instrument hervor – nur das Geräusch seines durch das Bambusrohr strömenden Atems. Beschämt blickte Kaito auf und warf Togana einen unsicheren Blick zu.

„Mir ist es am Anfang genauso ergangen, Junge! Die Shakuhachi ist keines jener Instrumente, die leichthin ihren Klang preisgeben. Schlage die Saite einer Katuka oder eines Koto an – und du bekommst sogleich einen Ton geschenkt. Die Shakuhachi musst du erst nach und nach für dich gewinnen. Überzeuge sie davon, dass du nichts lieber willst, als ihren ganzen verborgenen Zauber zu entdecken – und sie wird früher oder später deinen Wunsch erfüllen. Doch für heute lege sie wieder in die Kassette zurück. Du darfst sie mit in dein Zimmer im Gartenhaus nehmen, damit sie immer in deiner Nähe ist. Wenn dir danach ist, nimm sie in die Hand, berühre sie, streichle sie. Eine Shakuhachi ist kein totes Stück Bambus, sondern ein lebendiges Instrument."

Kaito nickte und legte die Flöte behutsam in die Kassette zurück.

„Nun setz dich zu mir, Junge", fuhr Togana fort. „Ich bin kein Freund langer Reden – abgesehen davon, dass ich dann und wann gern eine Geschichte erzähle. Aber zu Beginn des Unterrichts ist es unerlässlich, über einige Dinge zu sprechen. Du wirst Fragen stellen, ich werde Antworten geben. Mit der Zeit werden jedoch immer weniger Worte zwischen uns gewechselt werden – ein Blick, eine Geste wird mehr sagen können. Und eines Tages werden kaum noch Worte nötig sein. Doch bis dahin ist es noch ein weiter Weg."

Togana räusperte sich und fuhr fort: „Es gibt in unserem Land eine Reihe achtbarer Shakuhachi-Lehrer – und eine Anzahl vorzüglicher Spieler. Einer jener Spieler besuchte mich letztes Jahr und gab mir eine Kostprobe seiner Kunst. Er hatte einen recht hohen Grad des Könnens erreicht, auch wenn seinem Spiel das Eigentliche fehlte – das innere Leuchten. Dennoch war ich berührt von seinem Vortrag und fragte ihn, wer sein Lehrer gewesen sei. Er lächelte und erklärte nicht ohne Stolz, dass er sich das Flötenspiel selbst, ohne fremde Hilfe, beigebracht habe. Ich zollte ihm meine Anerkennung, und er verließ mich frohen Herzens.

Ich erzähle dir von dieser Begegnung, Kaito, weil du wissen musst, dass man auch ohne einen Lehrer ein recht guter Shakuhachi-Spieler werden kann. Sehr viel liegt an dir selbst! Und wenn du nicht alles daransetzt, ein hervorragender Flötenspieler zu werden, kann auch der beste Lehrer der Welt dich nicht zu einem wahren Könner machen. Ein guter Lehrer ist nur dein Wegbegleiter, der die Gegend besser kennt als du. Aber der Sinn und das Ziel der Reise liegen in dir verborgen. Du musst beides in dir entdecken wollen, mit allen Fasern deines Wesens – dann wird dein Meister dir zur Seite stehen und dir helfen, wenn du seine Hilfe brauchst.

Nun gibt es verschiedene Arten von Lehrern, die nur eines gemeinsam haben: Sie glauben alle, ihr Weg und ihr Unterricht sei der beste, der allein richtige und Erfolg versprechende. Mit diesem Irrglauben richten sie viel Schaden an, denn wenn ein großes Shakuhachi-Talent an den falschen Lehrer gerät, an einen, der vielleicht gar nicht zu ihm passt, kann selbst das größte Talent durch einen unangemessenen Unterricht zerstört oder zumindest verstümmelt werden. Ich aber glaube nicht, dass mein Unterricht die bestmögliche Art ist, einem Schüler das Flötenspiel beizubringen. Hauptsache ist vielmehr, dass ein Schüler den Lehrer findet, der alle Möglichkeiten am besten erwecken kann, die in ihm schlafen. Du magst zu einem bekannten Shakuhachi-Lehrer gehen, der doch nur einen kleinen Teil deiner Fähigkeiten aus dir herauszuholen vermag. Und du stolperst vielleicht über einen weniger berühmten, bescheideneren Mann, der alles zur Entfaltung bringt, was in dir steckt. Das ist dein Meister! Niemand anders!

Alle Wege, die ins Wesentliche führen, solltest du nur in Begleitung von Menschen gehen, die völlig zu dir passen – oder allein. Ich glaube, dass wir diesen Weg zusammen gehen können, Kaito. Ich habe es noch nie mit einer solchen Gewissheit gefühlt. Aber ich bin ein Mensch, Junge – also nicht gefeit gegen Irrtümer. Oft genug habe ich in diesem Leben in den Spiegel geschaut und das Gesicht eines Narren gesehen!" Toganas Blick schweifte über den unter ihnen liegenden Garten. Dann wandte er sich wieder Kaito zu.

„Zunächst werde ich dir das Handwerkliche zeigen. Musik wird mit Instrumenten erzeugt, und jedes Instrument verlangt Geschick und Fingerfertigkeit. Du wirst lernen, die Bambusflöte gut zu halten. Deine Finger werden sich mit den Löchern im Bambusrohr anfreunden, bis du sie kennst wie deine Westentasche und ihr die Töne im Schlaf entlockst. Ich werde dich die Kunst des richtigen Atmens lehren. Der Atem ist das Bindeglied zwischen Leib und Seele. Und er ist die treibende Kraft des Shakuhachi-Spiels. Dazu kommt die Unterweisung in der Kunst der Meditation. Ohne die Kraft und die Stille, die du in der Meditation gewinnst, wird dein Spiel niemals wirkliche Tiefe erreichen.

Ich habe mich nach einigem Überlegen und nach Rücksprache mit Yinwa außerdem entschlossen, dir eine zweite Art des Unterrichts angedeihen zu lassen, die dir vielleicht nicht so gut gefallen wird. Yinwa hat sich auf meine Bitte hin bereit erklärt, dir das Lesen und Schreiben beizubringen. Es wird in späteren Jahren von Vorteil für dich sein, wenn du diese beiden Künste beherrschst. Es finden sich manche Schätze in guten Büchern, auch wenn man sie nicht überschätzen sollte. Yinwa hat am eigenen Leib den trügerischen Wert dessen erlebt, was man Bildung nennt. Und er ist belesen und gelehrt wie kaum ein anderer. Du hättest keinen besseren Lehrer als ihn finden können."

Togana lachte. „Du machst nicht gerade ein begeistertes Gesicht, Kaito! Ich habe es nicht anders erwartet. Ich will dich zu nichts zwingen, denn gute Früchte trägt nur das Studium, das freiwillig geschieht. Wie wäre es, wenn du mit Yinwa eine dreimonatige Probezeit vereinbarst? Wenn du danach das Gefühl hast, dass dir die Kunst des Lesens und Schreibens gestohlen bleiben kann, werde ich deine Entscheidung ohne Enttäuschung annehmen und verstehen. Einverstanden?"

„Ja", sagte Kaito.

Togana nickte zufrieden. „Du bist ein geistig wacher Junge – den Knaben deines Alters weit voraus. Ich glaube, das Erlernen der Schrift wird dir leicht fallen und hoffentlich auch etwas Freude machen. Yinwa meint, morgens und nachmittags jeweils zwei Stunden Unterricht würden genügen."

„Und wann unterrichtest du mich?", fragte Kaito erwartungsvoll.

„In der übrigen Zeit, Junge. Mittags oder abends – oder vielleicht sogar nachts. Vielleicht klopfe ich mitten in der Nacht an dein Fenster und sage: ‚Komm mit in den Bambuswald. Vergiss die Shakuhachi nicht!' Bei mir bist du vor keiner Überraschung sicher, da kannst du sicher sein. Also: Es gibt keinen Stundenplan. Wir finden zusammen, wenn es so sein soll. Es kommt von selbst. Das kann dreimal am Tag sein – und dann wieder drei Tage lang nicht. Doch du lernst jeden Augenblick, ob du nun mit mir zusammen bist oder nicht. In der Zeit ohne mich bist du dein eigener Lehrer, Kaito. Vergiss nicht: Du gehst den Weg, du findest das Ziel. Ich bin nur dein Begleiter. Ich habe mein Ziel schon gefunden. Es besteht darin, dich an dein Ziel zu begleiten."

Kaito schaute den alten Mann mit den weißen Haaren mit weit offenen Augen an, und es war ihm, als habe er in ihm all das gefunden, was er in seinem Vater vergeblich gesucht hatte. Es war ein

Gefühl des Nachhausekommens und gleichzeitigen Aufbruchs in eine noch verheißungsvollere Heimat. Kaito freute sich auf diese Reise, als habe er sein Leben lang auf ihren Beginn gewartet.

In den folgenden Tagen und Wochen führte Yinwa Kaito in die Künste des Lesens und Schreibens ein, während Togana ihn mit den Grundlagen des Shakuhachi-Spiels vertraut machte. Kaito erwies sich allenthalben als ein hellwacher und schnell lernender Schüler.

Manchmal winkte Togana ihn nach dem Unterricht bei Yinwa zu sich auf die Dachterrasse und spielte ihm auf der Shakuhachi vor, um ihm „den Papiergeruch aus dem Leib zu blasen", wie er erklärte.

Sein eigenes Shakuhachi-Spiel war für Togana ein wesentlicher Bestandteil seines Unterrichts, da es seinen Schüler zur Nachahmung anregte. Togana wusste: Vieles entwickelt sich anfangs durch bloßes Nachahmen. Das Kind lernt das Sprechen von den Eltern durch seine Versuche, sie nachzuahmen. Der Schüler lernt das Flötenspiel auf eine ähnliche Weise von dem Meister. Er hört ihm zu, wenn er spielt. Er beobachtet den Tanz seiner Finger, die Haltung des Körpers, die Bewegungen seines Atems. Er lauscht, er sieht, er spürt. Er fühlt sich in das Spiel, in das Gefühl des Meisters ein. Und später, wenn er allein ist, holt er die Shakuhachi hervor, um sich – anfangs noch unsicher und verschämt, aber schließlich immer erfolgreicher und mutiger – an das Können des Lehrers heranzutasten.

Bald vermochte Kaito der Shakuhachi schon die ersten Tonfolgen zu entlocken. Er erlebte entzückt, wie seine Finger sich mit wachsender Übung immer ausdauernder und sicherer auf der Bambusflöte bewegten – bis es ihm schließlich gelang, eine leichte Melodie fehlerlos zu spielen. Der Klang des Instruments entführte ihn beim Üben in seinem Zimmer oder im Garten oft in eine andere Welt. Da geschah es mitunter, dass er im Bann der Shakuhachi alles um sich herum vergaß und in einem einzigen Ton, den er wieder und wieder entstehen ließ, vollkommen aufging.

Er spürte, wie die Musik etwas in ihm berührte und befruchtete, das lange Jahre auf diese Berührung gehofft hatte. In Kaito entstand dank des warmen Regens der Musik ein blühender Garten, wo zuvor karg bewachsene Erde gewesen war.

Nur selten dachte er noch an seine Eltern und Brüder, die er in seinem Heimatdorf zurückgelassen hatte. Und mit der Zeit verblassten auch die lebendigen Bilder von Taloko, der ihm als erster die Klangwelt der Shakuhachi geöffnet hatte, und von Gutadeso, seinem Freund und Reisegefährten. Nur das Gesicht von Miata sah Kaito unverändert klar vor sich, wenn er nur die Augen schloss und mit ganzem Herzen an sie dachte. Manchmal träumte er auch von ihr. In einem dieser Träume konnte sie plötzlich wieder sprechen. Sie fiel Kaito in die Arme und sagte immer wieder seinen Namen, zärtlich und dankbar, als habe er ihr die Sprache zurückgegeben. Kaito wusste, dass er sein Versprechen, zu Miata zurückzukehren, eines Tages einlösen würde. Und dieser Tag würde einer der schönsten seines Lebens sein. Bald konnte er vielleicht schon einen Brief an sie schreiben. Lado, der Wirt in Batago, verstand sich auf die Kunst des Lesens. Kaito hatte ein Regal voller Bücher in seinem Haus gesehen. Er konnte Miata seinen Brief vorlesen, und sie würde wissen, dass er oft an sie dachte und sie nicht vergaß.

Kleine, einfache Sätze vermochte Kaito schon zu schreiben, und es kamen täglich viele neue Wörter hinzu. Die Schrift zu lernen, bereitete ihm mehr Freude, als er für möglich gehalten hätte. Das lag auch an seinem Lehrer Yinwa, den er von Anfang an gemocht hatte, an seiner Freundlichkeit und guten Laune. Stets aufs Neue brachte er Kaito mit lustigen Bemerkungen, die er in den Unterricht einstreute, zum Lachen.

„Ein Schüler kann nur so gut sein, wie ihn sein Lehrer behandelt", sagte Yinwa einmal mit dem ihm eigenen Schmunzeln.

Und er fügte hinzu: „Es macht mir viel Spaß, dich zu unterrichten, Kaito – viel mehr Spaß, als ich damals hatte, als ich klug vor Hunderten von Studenten daherredete und von allen für einen großen Weisen gehalten wurde. Aber ich war kein Weiser, sondern ein Hochstapler, ein aufgeblasener Ballon. Als ich zu Togana kam, pikste er mich nur mit seinem Fingernagel – und der Ballon zerplatzte. Bei dir bin ich endlich ein ehrlicher Lehrer. Ich lehre dich die Schrift. Ich führe dich in lesenswerte Bücher ein. Das sind Dinge, die ich wirklich beherrsche. Und so brauche ich beim Unterricht nie Angst vor spitzen Fingernägeln zu haben. Deshalb bin ich dabei immer guter Laune."

Abgesehen von den morgendlichen und nachmittäglichen Stunden mit Yinwa war Kaito frei zu tun, was ihm gefiel. Oft saß er im Garten oder in seinem Zimmer, vertieft in sein behutsam tastendes Shakuhachi-Spiel. Gern hielt er sich auch in dem Bambuswald auf. Er übte Schreiben und Lesen und ging, ohne dass ihn jemand dazu aufgefordert hätte, immer häufiger Yinwa bei Arbeiten im Garten und Haus zur Hand und begleitete ihn bei seinen Einkäufen ins nächstliegende Dorf.

Und plötzlich – zumeist dann, wenn Kaito es am wenigsten erwartete – stand Togana vor ihm. Oder er stand vor Togana, denn es war der richtige Moment für den Unterricht.

Einmal streifte Togana mit Kaito durch den Bambuswald, bis der Meister stehen blieb und sich im Gras niederließ: „Setz dich zu mir, Kaito. Schließ die Augen. Hörst du das Spiel des Windes mit den Bambuspflanzen? Schau nur, wie sie im Wind tanzen, so anmutig und verspielt. Man muss den Bambus lieben, wenn man ein guter Shakuhachi-Spieler werden will. Für eine Shakuhachi eignen sich nur die besten, kerzengerade gewachsenen Bambuspflanzen – es sind nur wenige unter tausend. Warum wachsen diese wenigen so gut, so ohne Makel? Weißt du eine Antwort darauf?"

Kaitos Erwiderung kam ohne Zögern: „Weil sie gern als Bambusflöten weiterleben möchten."

„Und warum", fragte Togana lächelnd, „würden sie so gern als Shakuhachis weiterleben?"

Kaito erwiderte Toganas Lächeln. „Weil sie dann sehr viel Liebe und Pflege bekommen. Viel mehr als jedes andere Stück Bambus auf der Welt."

Togana lachte. „Dieses Stück Bambus erfährt schon viele Jahre lang Liebe und Pflege, bevor es überhaupt in die Hände des Shakuhachi-Spielers kommt. Die Herstellung einer guten Shakuhachi ist eine Kunst für sich. Sie erstreckt sich über ein paar Jahre, weil der Bambus zwischen den einzelnen Arbeitsgängen lange Lagerpausen braucht, um seinen bestmöglichen Zustand zu erreichen. Es ist ein edles Handwerk."

Als Togana und Kaito zum Haus zurückkehrten, hatten sich Besucher auf der Veranda eingefunden. Es waren drei Männer, von denen zwei dem Stand der Samurai angehörten, wie aus ihren Haarknoten und den rasierten Scheiteln ersichtlich war.

Yinwa saß mit den Besuchern auf der Veranda. Als er Togana und Kaito kommen sah, stand er auf und ging ihnen entgegen.

„Hoher Besuch, Togana", sagte er mit gedämpfter Stimme, „der Sohn des Fürsten von Ogo."

Togana zog die Augenbrauen hoch. „Was will er von mir?"

Yinwa zuckte mit den Achseln. „Er will es nur dir persönlich sagen."

„Gut", erwiderte Togana und wandte sich an Yinwa und Kaito: „Bitte lasst mich allein mit den Besuchern." Dann ging er auf sein Haus zu.

Als er die Veranda betrat, standen die Gäste auf und verbeugten sich höflich. Der jüngste der Besucher ergriff sodann das Wort: „Sei gegrüßt, Togana. Lass mich zuerst meine Begleiter vorstellen. Dies sind Edo und Kayamu, die beiden besten Samurai von Ogo. Mein Vater, der Fürst von Ogo, hat sie mir zu meinem Schutz auf den Weg mitgegeben. Ich bin des Fürsten ältester Sohn. Mein Name ist Dokumo. Verzeih, wenn ich gleich mit der Tür ins Haus falle, aber mir liegen keine langen Vorreden. Ich möchte dein Schüler werden, Togana. Lass mich dein Schüler sein!"

„Warum kommst du zu mir?", erwiderte Togana. „Bist du mit deinem Shakuhachi-Lehrer nicht zufrieden?"

Dokumo kniff die Lippen aufeinander. Seine Miene drückte Zorn und Enttäuschung aus, seine Stimme zitterte vor Erregung: „Ich habe mit ihm gebrochen! Er ist der beste Shakuhachi-Lehrer von ganz Ogo, doch er behandelt mich wie einen dummen Jungen. Aber ich bin kein Kind mehr – ich bin ein Mann geworden! Und ich beherrsche das Flötenspiel schon fast so gut wie er. Vorgestern kam es zu einem Streit. Matako hat mich erneut gedemütigt. Ich habe ihn beschimpft und seine Lieblingsvase auf den Boden geworfen. Ich habe alle Achtung vor ihm verloren und kann nicht mehr sein Schüler sein. Soll er meinetwegen den Enten das Shakuhachi-Spiel beibringen! Ich bin ein freier Mann, der Sohn des Fürsten von Ogo – und nicht der dumme Junge eines Flötenlehrers!"

Toganas Gesicht blieb unbewegt. „Wie lange warst du Matakos Schüler?"

„Sechs Jahre", antwortete der Fürstensohn.

„Oh", sagte Togana. „Sechs Jahre sind eine lange Zeit. Und Matako gilt als ausgezeichneter Lehrer. Er wird dir einiges beigebracht haben."

„Sicher", gestand Dokuno zu, „ich habe viel von ihm gelernt, und das werde ich ihm nie vergessen. Doch jetzt ist es aus zwischen uns! Jetzt brauche ich einen Lehrer, der mich wie ein Freund behandelt, nicht wie ein herrschsüchtiger Vater. Willst du hören, was ich bei Matako gelernt habe? Niemand verlangt von dir, die Katze im Sack zu kaufen."

Togana erwiderte schmunzelnd: „Wer sagt dir, dass ich eine Katze kaufen will?"

Anstelle einer Antwort zog Dokuno mit schnellen Bewegungen seine Flöte aus einem Seidenetui hervor, kniete sich auf die Veranda nieder und begann mit seinem Spiel. Togana betrachtete ihn mit gleichmütigem Gesicht, gewahrte aber schnell, dass der Sohn des Fürsten bereits ein hohes Maß an Können in der Beherrschung der Bambusflöte erlangt hatte. Ihm gefiel Dokunos Auftreten nicht sonderlich, aber sein Shakuhachi-Spiel konnte sich hören lassen.

Als der Fürstensohn seinen Vortrag beendet hatte, stand er auf, wickelte die Shakuhachi wieder in ihre Hülle und blickte Togana gespannt und erwartungsvoll an. „Nun, Togana – bist du bereit, mich als Schüler aufzunehmen? Dein Lohn soll fürstlich sein!"

Togana schüttelte den Kopf. „Du solltest wissen, Dokuno, dass ich niemals mehr als einen Schüler unterrichte. Und ich habe seit zwei Monaten einen Schüler, mit dem ich sehr zufrieden bin."

Dokuno verzog den Mund. „Ich habe davon gehört. Aber warum willst du es nicht einmal mit zwei Schülern versuchen? Matako hatte fünf Schüler, und alle waren zufrieden mit seinem Unterricht. Ich war es auch – sechs Jahre lang. Ich werde nicht eifersüchtig auf deinen Schüler sein."

„Ich bin nicht Matako", erwiderte Togana. „Ich unterrichte nur einen Schüler und kann auch für dich keine Ausnahme machen. Ein Schüler ist ein weites Feld, wenn man sich ihm ganz widmet. Es ist nicht gut, zu viele Felder zu bestellen. Wenn du es dennoch tust, wird dir die Kraft ausgehen. Unkraut wird wuchern und alle gute Saat ersticken."

Mühsam versuchte Dokuno, seine wachsende Enttäuschung im Zaum zu halten.

„Man sagt, dass du noch keinen Schüler allzu lange behalten hast, Togana. Darf ich nächsten Monat wiederkommen und dir dieselbe Frage stellen?"

„Es stimmt, ich habe es bislang mit keinem allzu lange ausgehalten", räumte Togana ein, „aber mit diesem könnte es anders werden."
Dokuno stampfte wütend mit dem Fuß auf. „Was hat er mir voraus, dein Lieblingsschüler? Spielt er die Shakuhachi besser als ich?"
„Nein", erwiderte Togana, „aber er wird sie besser spielen, wenn er so alt ist wie du. Du, Dokuno, beherrschst sie schon recht gut. Unter anderen Umständen hätte ich dich vielleicht zur Probe als Schüler angenommen – auch ohne das Gold deines Vaters. Aber so muss ich deine Bitte zurückweisen. Ich bin sicher, du findest einen anderen Lehrer, der deine Persönlichkeit achtet und deine Begabung weiter ausbilden kann. Ich kann es leider nicht. Überbringe meinen Gruß an deinen Vater, den Fürsten von Ogo. Ich wünsche ihm Gesundheit, einen klaren Blick und ein langes Leben. Dir wünsche ich den richtigen Lehrer."

Dokuno, der eingesehen hatte, dass der Meister nicht umzustimmen war, war ruhiger geworden.

„Ich danke dir für deine Wünsche, Togana", sagte er nach einer kurzen Weile, „und werde sie an meinen Vater weitergeben. Es macht mich traurig, von dir wieder fortgesandt zu werden, aber ich werde mich in deinen Willen schicken. Wenn du dich einmal von deinem neuen Schüler trennen solltest und mich statt dessen annehmen möchtest, lass es mich durch einen Boten wissen. Ich werde zur Stelle sein!"

Nach diesen Worten verbeugte Dokuno sich tief vor Togana, der die Verbeugung erwiderte, und verließ mit seinen Samurai die Veranda.

Am nächsten Nachmittag zog es Kaito nach dem Schreibunterricht in den Bambuswald. Er streifte eine Weile ziellos umher, bis er den Bach am Ende des Hains erreichte, und setzte sich an sein Ufer. Er liebte es, dem fließenden, klaren Wasser immer aufs Neue mit seinen Blicken zu folgen und seinem murmelnden Plätschern zu lauschen.

Plötzlich hörte er eine Stimme direkt hinter sich. „Er träumt, der Junge. Schaut ins Wasser und träumt so tief, dass er die Schritte des Feindes nicht hört."

Kaitos Kopf ruckte herum. Der junge Mann hinter ihm war der hohe Gast vom Tag zuvor, der Prinz von Ogo!

Mit klopfendem Herzen erhob sich Kaito und stand vor dem Fürstensohn, der ihn um Kopfeslänge überragte.

„Warum bist du mein Feind? Ich habe dir nichts getan."

Dokuno schüttelte den Kopf. „Doch! Du hast mir den Platz in Toganas Herz vor der Nase weggeschnappt! Wärst du nicht aufgetaucht, hätte er mich als Schüler genommen. Aber was auftaucht, kann auch wieder untertauchen, nicht wahr?"

Dokuno sprach weiter: „Ich weiß nicht, wie viel dir der Unterricht bei Togana bedeutet, aber ich bin sicher, dass er mir mehr bedeutet als dir. Und bei Togana sollte der Schüler sein, der sich am stärksten nach seinem Unterricht sehnt, meinst du nicht auch?"

Sprachlos starrte Kaito den Prinzen von Ogo an.

„Du sollst dabei natürlich nicht leer ausgehen, Freund. Siehst du, Feinde können durchaus zu Freunden werden. Schau! Dieser Beutel ist randvoll mit Gold gefüllt. Da! Nimm ihn! Fühl nur, wie schwer er ist! Damit kannst du dir ein ganzes Dutzend Flötenlehrer leisten. Als

Feind bin ich erbarmungslos – als Freund großzügig. Du brauchst nur deines Weges zu ziehen und dich nie wieder bei Togana blicken zu lassen."

„Was redest du da?", brach es aus Kaito hervor.

Er schob Dokunos Hände mit dem Goldbeutel energisch zurück. „Behalte dein Gold! Nicht für alles Gold der Welt ginge ich von hier fort!"

„Aha, aha", sagte Dokuno spöttisch, „der unbestechliche Held! Nicht schlecht. Ich glaube, du möchtest gar nicht mein Freund sein."

Kaito schüttelte den Kopf. Im nächsten Augenblick schlug Dokuno ihm mit der flachen Hand auf die Wange.

Kaito unterdrückte einen Schmerzensschrei. Seine Augen blitzten Dokuno wütend an. „Es ist leicht, einen Schwächeren zu schlagen! Gerechtigkeit scheint nicht deine Stärke zu sein", rief er ihm heftig entgegen.

„Gerechtigkeit?", erwiderte Dokuno. „Warum sollte ich Gerechtigkeit üben, wenn mir selbst keine Gerechtigkeit widerfährt? Togana ist der Lehrer, den ich suche. Ich brauche ihn dringender als du. Da, nimm das Gold – und ziehe deines Weges!"

„Du tust mir leid", sagte Kaito mit trauriger Stimme und wandte sich um. Als er ein paar Schritte gegangen war, hörte er Dokunos erregte Stimme: „Warte! Sag mir: Was hast du mir voraus? Ich bin der Prinz von Ogo, du bist ein Niemand. Ich spiele besser Shakuhachi als du. Warum hält er an dir fest?"

Kaito zuckte mit den Achseln und ging weiter, ohne sich umzudrehen. Dann hörte er schnelle Schritte hinter sich. Er fühlte Dokunos Hand auf seiner Schulter. „Entschuldige bitte." Dokunos Gesicht drückte Verwirrung und Bedauern aus. „Es tut mir Leid! Ich wollte nicht so gemein zu dir sein; ich wollte dich nur prüfen, aber ich bin wohl zu weit gegangen. Ich wollte dich nicht verletzen, aber manchmal erkennt man den Wert eines Menschen erst, nachdem man ihn verletzt hat. Wenn man ihn vielleicht als Freund verloren hat. Bitte sag Togana nichts von unserer Begegnung. Ich könnte ihm sonst nie mehr gegenübertreten."

Kaito blickte Dokuno ernst an und sagte: „Es bleibt unter uns."

„Habe ich dein Wort?"

Kaito nickte. „Du hast mein Wort."

Dokuno atmete erleichtert auf, seine Züge entspannten sich. „Allmählich verstehe ich, warum Togana an dir festhält. Sag mir: Wie heißt du?"

„Kaito."

„Kaito... Vielleicht kann ich meinen Fehler irgendwann wieder gutmachen. Wenn du einmal meine Hilfe brauchst, komm zum Palast von Ogo, sage der Wache vorm Tor deinen Namen und verlange nach Dokuno, dem Sohn des Fürsten. Damit sie dich einlassen, musst du ein geheimes Wort wissen. Mit diesem Wort kommen nur meine Freunde zu mir."

„Wie lautet das Wort?", fragte Kaito.

Dokuno lächelte, beugte seinen Kopf vor und flüsterte das Geheimwort in Kaitos Ohr.

Und auch auf Kaitos Gesicht erschien ein Lächeln.

V or dem morgendlichen Unterricht frühstückte Kaito stets mit Yinwa im Gartenhaus, und vor dem Nachmittagsunterricht nahmen sie ihr Mittagessen ein. Die Abende hatten für Kaito eine besondere Bedeutung, denn abends aßen Yinwa und er mit Togana zusammen in seiner Küche. Yinwa, der die Liebe zum Kochen entdeckt hatte, bereitete wohlschmeckende Gerichte zu, die ihm viel Lob von Togana und Kaito einbrachten. Immer wenn Kaito in Toganas Nähe kam, war es ihm, als wache etwas in ihm auf. Etwas Lebendiges tief in ihm, das sonst immer schlief. Ihm kam es vor, als könne er plötzlich besser sehen, hören, fühlen und denken. Alles wurde klarer in ihm, und eine tiefe Freude und Gelassenheit breitete sich wie warmes Sonnenlicht in ihm aus. Er hätte manchmal grundlos auflachen können, so sehr kribbelte die Freude in seinem Bauch und in seiner Kehle. Und wenn er sprach, klang seine Stimme verändert, tiefer als sonst, melodischer – als gehöre sie einem anderen.

Ein einziger Blick, ein Lächeln von Togana konnte Kaito alle Gedanken aus dem Kopf zaubern und eine grenzenlose, leuchtende Stille in ihm hinterlassen. Den ganzen Tag freute sich Kaito auf die gemeinsame Mahlzeit mit dem Meister. Ohne sie wäre sein Tag unfertig geblieben. Das Abendessen war für ihn zugleich eine Mahlzeit des Herzens, das von Toganas Nähe kostete.

Meistens zog er sich nach dem Abendessen mit Yinwa ins Gartenhaus zurück, um sich schlafen zu legen. Manchmal ging er, von einem langen Tag ermüdet, auch als erster, und Yinwa blieb noch auf eine Tasse Tee bei Togana.

Eines Abends, als Kaito nicht einschlafen konnte, weil sein Geist nicht so müde wie sein Körper war, wurde er von der Neugier ergriffen, was Togana und Yinwa wohl beim Teetrinken besprachen. Ob sie vielleicht über ihn redeten? Kurz entschlossen stand Kaito auf, schlüpfte in seine Pluderhose, zog sich ein Hemd über und ging durch den Garten auf Toganas Haus zu, wobei er die schmalen weißen Kieswege mied. Wie ein Dieb schlich er sich an das angelehnte, erleuchtete Küchenfenster heran, kniete sich darunter und lauschte. Togana und Yinwa waren in ein angeregtes Gespräch vertieft, in dem es anscheinend um die Bedeutung der Geschichte für die Menschen ging. Kaito war enttäuscht. Insgeheim hatte er gehofft, dass die beiden über ihn sprachen. Dennoch spitzte er die Ohren, auch wenn er nicht alles von dem verstehen konnte, was er hörte.

„Ansehen, Ruhm, Macht, wonach so viele Menschen streben – das sind doch nur Winde des Schicksals, die sich drehen, wie sie wollen. Und alles, was sie hinterlassen, ist Geschichte, die unsere begabtesten Kinder in den Schulen zum Gähnen reizt, denn sie interessiert die lebendige Gegenwart, nicht die tote Vergangenheit", sagte Togana und nahm einen Schluck Tee zu sich. „Sie wollen warmen Tee trinken, Yinwa, und die Lehrer servieren ihnen den grauen Schnee von gestern."

Kaito hörte Yinwa antworten: „Aber die Vergangenheit hat doch das Gegenwärtige hervorgebracht. Wie sollen sie es verstehen können, wenn wir nicht Geschichte lehren? Wie sollen sie aus den Fehlern der Vergangenheit lernen, wenn wir sie als tot abtun, begraben und vergessen?"

„Haben die Menschen denn jemals aus ihrer Geschichte gelernt? Nicht, dass ich wüsste. Sie begehen seit Jahrhunderten immer wieder die gleichen, falschen Wege, machen stets aufs Neue die gleichen Fehler, führen die gleichen entsetzlichen Kriege, die immer wieder unsägliches Leid und Elend hinterlassen. Wäre es da nicht besser, sie vergäßen ihre ganze düstere Vergangenheit und fingen noch einmal ganz von vorne an – als sei heute der erste Tag ihres Lebens? Dann könnten sie sich und die Welt ganz neu entdecken und vielleicht manches besser machen als bisher. Die Menschen müssten immer im Heute bleiben, denn nur in der bewusst erlebten Gegenwart können sie das Licht finden. Wenn immer mehr Menschen das Licht entdeckten und von seiner Kraft berührt würden, könnte vieles anders werden. Dann wüssten die Leute Besseres zu tun, als sich gegenseitig das Leben schwer zu machen, sich zu betrügen, zu berauben und zu töten. Dann würden sie verstehen – und lächeln. Aber das werde ich nicht mehr erleben – und ich bezweifle, dass die Welt es einmal erleben wird."

Eine Weile hörte Kaito nur die Geräusche des ins Dunkel gehüllten Gartens. Dann erklang wieder Yinwas Stimme: „Warum bezweifelst du das? Weshalb soll nicht irgendwann, in fernen Zeiten, ein Zeitalter der Einsicht und Weisheit anbrechen? Ist es nicht oft schon von den Propheten angekündigt worden, das goldene Zeitalter des Glücks, der Harmonie und des Friedens zwischen den Menschen?"

Togana brummte ablehnend. „Ach, komm mir nicht mit den Propheten, Yinwa! Die haben viel prophezeit, und oft waren es nur ihre persönlichen Hoffnungen und Sehnsüchte, die ihnen den unbestechlichen Blick des Sehers getrübt haben. Wenn man die Natur des Menschen mit kritischem, nüchternen Blick studiert – und das habe ich seit meiner Jugend getan – erwartet man nicht mehr so viel von ihm. Dann stirbt man schon zufrieden in der Hoffnung auf ein Zeitalter gegenseitiger Duldung. Wenn auch die Menschen anscheinend zu dumm sind, um einzusehen, dass sie hier sind, sich gegenseitig zu helfen, anzuregen und zu lieben, so werden sie vielleicht eines Tages gelernt haben, sich wenigstens zu dulden und den anderen so zu behandeln, wie sie selbst gern von ihm behandelt würden. Doch der Weg ans Licht ist wohl immer nur Einzelnen vorbehalten, nur wenigen seltenen Blumen im großen Urwald der Menschheit. Kaito könnte zu einer solchen Blume werden, wenn die Knospe seiner Seele sich öffnet. Solche Menschen sind zwar nur besondere Ausnahmen, doch ihr Leben und ihre Einsicht können unzähligen Menschen helfen, sie bestärken – und ihnen Mut machen, ihrem Beispiel zu folgen. Und selbst wenn sie ihnen dann nicht allzu weit nachfolgen können – jeder Schritt zum Licht ist ein Gewinn."

Kaito konnte seine Freude kaum beherrschen. Am liebsten wäre er aufgesprungen, durchs Fenster geklettert und Togana in die Arme gefallen. Er, Kaito, würde vielleicht ein Mensch werden, der unzähligen anderen auf ihrem Weg helfen konnte! Wie gut taten ihm, der in seinem Heimatdorf oft als Träumer, als Eigenbrötler angesehen wurde, diese Worte des Meisters.

„Der Weg zum Licht ist wie das Schwimmen gegen den Strom", fuhr Togana fort. „Nur starke, ausdauernde Seelen können ihn bewältigen, denn sie müssten kräftig genug sein, sich gegen den Widerstand der Welt durchzusetzen. Die Welt liebt die Dunkelheit – und sie fürchtet das Licht, denn es erhellt ihre Lügen, ihre Irrtümer, ihre sinnlose Angst. Deshalb hat sie seit jeher alles getan, die Suchenden von ihrem Weg zum Licht abzuschrecken. Viele Menschen, die zu voller Einsicht gelangten und die Wahrheit öffentlich verkündeten, fanden sich wenig später in Kerkern wieder, auf einsamen Inseln oder unter dem Schwert des Scharfrichters. Auch die Anhänger und Jünger solcher Menschen waren der Verfolgung ausgesetzt, weil die Mächtigen fürchteten, dass der Geist des Meisters in ihnen weiterlebte. Man muss daraus lernen und sich tarnen, so wie wir es tun. In den Augen der Welt bin ich ein kauziger, alter Shakuhachi-Lehrer, dem es kein Schüler recht machen kann. Und Kaito ist mein hundertstes Opfer, dem ich früher oder später die Schuhe vor die Tür stelle. Aber wir wissen beide, Yinwa, dass dies nur der Rahmen ist, nicht das Bild. Nur die Form, nicht der Inhalt. Ich versuche, Kaito auf dem Weg zum Licht zu begleiten. Und es ist besser, wenn niemand davon weiß."

„Ja", sagte Yinwa. „Ich habe es am eigenen Leibe erlebt. Die Welt urteilt nach dem Schein."

„Und sie bekämpft kaum etwas mehr als die Wahrheit", ergänzte Togana. „Darum heißt es auch: Wer die Wahrheit sagt, braucht ein schnelles Pferd."

In dem Gelächter, das Toganas Worten folgte, schlich Kaito sich vom Fenster fort und lief auf leisen Sohlen, den Kiesweg meidend, in sein Zimmer zurück. Er legte sich ins Bett. Sein Herz klopfte schnell. Ihn plagte das Gefühl, etwas Unrechtes getan zu haben. Das Gespräch zwischen Togana und Yinwa war nicht für seine Ohren bestimmt gewesen. Wahrscheinlich würde Togana böse sein, wenn er ihm sagte, dass er heimlich gelauscht hatte. Zu der Begegnung mit dem Fürstensohn im Bambuswald, die Kaito in seinem Herz verschlossen hielt, kam nun ein zweites Ereignis, das er vor Togana geheim halten musste. Dabei war Togana der erste Mensch in seinem Leben, in dessen Hände Kaito so gern sein ganzes Herz ausgeschüttet hätte.

Aber Kaitos Herzklopfen rührte auch von der Freude her, vom Meister für würdig gehalten zu werden, den Weg zum Licht zu gehen. War es das Licht, das Kaito in sich strahlen fühlte, wenn er Togana nahe kam und alles mit einem Mal klarer, heller, wesentlicher wurde? Dann wäre das Licht, von dem Togana sprach, ja das Leben und die Freude selbst! Den Weg zu diesem Licht würde er gern, mit ganzem Herzen und ganzer Kraft gehen!

Über solchen Gedanken sein schlechtes Gewissen vergessend, schlief Kaito schließlich ein und fiel in einen seltsam klaren und tiefen Traum.

Er ging in weißen Kleidern einen Weg entlang, der durch eine bunte Blumenwiese führte. Die Sonne schien von einem strahlend blauen Himmel. Ein leichter, angenehmer Wind umschmeichelte die Haut. In der Mitte der Wiese standen zwei große Bäume nebeneinander. Sie boten einen wunderschönen Anblick, und Kaito beschloss, zu ihnen zu gehen, um sich unter ihren mächtigen Kronen niederzusetzen.

Als Kaito näher kam, sah er, dass ein Mann unter dem rechten Baum saß. Wenige Schritte weiter erkannte er ihn: Es war Gutadeso! Der Sänger hatte Kaito auch entdeckt. Er stand auf und lief ihm mit ausgebreiteten Armen entgegen. Sie begrüßten sich mit einer ausgelassenen Umarmung.

„Wie ich mich freue, dich zu treffen, Gutadeso! Wie ist es dir ergangen seit unserem Abschied?"

Gutadeso wackelte unentschieden mit dem Kopf. „Mal so, mal so. Das Rad des Glücks dreht sich schnell. Ich will nicht klagen, mir geht es ganz gut. Aber es könnte mir besser gehen."

„Wieso?", fragte Kaito. „Was fehlt dir denn?"

„Was mir fehlt?" Gutadeso kratzte sich unter dem Kinn. „Das, was ich suche, fehlt mir."

„Und was suchst du?"

Gutadeso zuckte mit den Schultern. „Wenn ich das wenigstens wüsste. Ständig bin ich mit neuer Hoffnung unterwegs. Von Ort zu Ort ziehe ich mit meiner Katuka, und immer hoffe ich, es im nächsten Ort zu finden."

„Was willst du finden, Gutadeso?"

„Vielleicht das Glück, den inneren Frieden. Das Gefühl, mich und das Leben zu verstehen. Ich weiß nicht... Ich weiß nur, dass ich auf der Suche bin. Manchmal ist das Ziel so nah, dass ich danach greifen könnte. Dann ist es plötzlich wieder so weit entfernt wie die Sterne am Himmel. Und ich denke, ich werde es nie erreichen. Sag, Kaito, weißt du, warum ich nicht zur Ruhe komme? Du bist doch jetzt bei Togana. Hat er dir nicht gezeigt, wie man zu innerem Frieden findet?"

„Ich wünsche mir so sehr, dass Togana jetzt hier wäre."

„So?", sagte Gutadeso. „Wünsche gehen selten in Erfüllung. Ich sehe deinen Meister nirgends."

„Ich spüre ihn aber", sagte Kaito leise und schloss die Augen.

„Wo?", hörte er Gutadesos Frage. „Hinter dem anderen Baum? Da habe ich schon nachgeschaut. Da ist niemand."

„Ich spüre ihn in mir." Kaitos Stimme war leise geworden, fast nur noch ein Flüstern. „Er kann dir die Antwort auf deine Frage geben."

„Wenn du ihn in dir spürst, dann lass ihn zu mir sprechen. Ich habe mich im Labyrinth der Sehnsucht verirrt – und brauche Hilfe."

„Ich will es versuchen", flüsterte Kaito und versenkte sich tiefer und tiefer in das Gefühl des Erfülltseins von Togana. Es war wie ein langsames, heiteres Sinken in immer wärmere und hellere Tiefen seines Wesens.

Und plötzlich hörte er sich Worte sagen, vernahm den Klang seiner Stimme, fremd und vertraut zugleich. Es waren Worte, die er noch nie zuvor gesprochen oder gedacht hatte, aber sie kamen sicher und deutlich über seine Lippen: „Versuche, alles als das zu nehmen, was es ist. Trübe deine Wahrnehmung nicht mit Erwartungen und Hoffnungen. Vergiss, wonach du dich sehnst, und bleibe in der Gegenwart deines Lebens. Wonach du dich auch sehnst, was immer du erwartest und hoffst, es wird dir nur im Jetzt begegnen können, nirgendwo anders. Und oft kommt es unverhofft, unangekündigt. Dann, wenn du es am wenigsten erwartest.

Rufe deinen Wunsch nach Frieden und Erkenntnis einmal aus ganzer Seele zum Himmel. Und dann vergiss ihn! Wiederhole ihn nicht aus Ungeduld. Der Himmel hat verstanden, doch es braucht seine Zeit. Aber warte nicht darauf – lebe! Es ist falsch zu warten. Man verpasst dabei das Leben. Nichts ist so wichtig, dass man darauf warten sollte. Das Leben ist ein Weg, kein Ziel. Manche sagen, es sei ein kurzer Weg. Ob kurz oder lang: Du solltest immer bei dir bleiben und dir nicht ständig vorauseilen – zu einem Ziel, das es vielleicht nur in deiner Einbildung gibt. So betrügst du dich nur selbst."

Als Kaito diese Worte gesprochen hatte, sah Gutadeso ihn mit einem seltsamen Blick an. Dann sagte er: „Ich sehe, die Weisheit Toganas hat schon Wurzeln geschlagen in deiner Seele. Ich danke dir für die Übermittlung seiner Worte, die den Weg zu meinem Herzen gefunden haben. Vielleicht ist der Frieden, den ich suche, ja in mir selbst. Und mein unentwegtes Ziehen von Ort zu Ort ähnelt der Suche des Mannes nach seiner verlorenen Brille – bis er am Ende feststellt, dass er sie die ganze Zeit auf der Nase sitzen hatte."

Kaito lachte, und nun war es wieder seine ureigene Stimme, sein eigenes Lachen. Mit diesem Lachen erwachte er.

Das Licht der aufgehenden Sonne fiel durchs Fenster auf den Reisstrohteppich des Zimmers. Bald war Kaito auf den Beinen und in seinen Kleidern, um den neuen Tag im Garten zu begrüßen.

Das Gras war noch feucht vom Tau. Kaito setzte sich auf die kleine Holzbank unter der großen Zeder, hielt das Gesicht dem ersten warmen Sonnenlicht entgegen und lauschte den Geräuschen des erwachenden Morgens. Als er Schritte hinter sich hörte, drehte er sich überrascht um – und blickte in Toganas Augen. Der Meister lächelte ihn an.

„Heute vor drei Monaten habe ich dich zur Probe als Schüler angenommen."

Kaito nickte und spürte sein Herz im Hals schlagen.

„Die Probezeit ist vergangen", fuhr Togana fort, „und nun stelle ich dir die Frage: Möchtest du mein Schüler bleiben?"

Kaito nickte ernst. „Ja", sagte er.

Togana setzte sich neben Kaito auf die Bank. „Du bist jetzt mein Schüler, Kaito. Und ich bin dein Meister und werde dir helfen, dein eigener Meister zu werden, um wieder anderen zu helfen. Der Weg zum Licht muss geöffnet bleiben."

„Was ist das Licht?", fragte Kaito.

„Es ist nur ein Wort, Kaito. Es bedeutet die volle Einsicht ins Herz der Dinge. Aber auch das sind nur Worte. Die Menschen haben irgendwann Worte erfunden, weil sie sich nicht von Herz zu Herz verständigen konnten. Aber das Licht kann man nur mit dem Herzen erkennen, nur mit der Seele verstehen. Es ist ein inneres Licht, in dem du alles erkennen kannst, was du erkennen willst. Ich bin hier, um dir zu helfen, es in dir zu finden."

„Wie kann ich dir danken, Togana?"

„Indem es uns gelingt."

„Kann es scheitern?"

Togana blickte auf den Boden. „Alles kann scheitern", brummte er. „Und alles kann gelingen. Lauf weiter hinaus in die Klangwelt der Shakuhachi! Lass dich von ihrer Musik durchdringen, bis du selbst nichts anderes bist als Klang. Dann finde die höchste Harmonie, aber suche sie nicht." Kaito nickte.

„Die Shakuhachi ist so wichtig, weil sie ein Instrument mit doppeltem Sinn ist", fuhr Togana mit ruhiger Stimme fort. „An ihrer Oberfläche ist sie ein Musikinstrument, und in ihrem Kern ist sie ein spirituelles Instrument, eine Hilfe. Eine Brücke zwischen Schüler und Meister – über den tiefen Abgrund zwischen der Suche und dem Licht. Von beiden Seiten bauen sie die Brücke, finden immer näher zusammen. Schließlich begegnen sie sich über dem Abgrund. Der Meister führt den Jünger zum Licht, ins klare Sehen und Fühlen, wie ihn zuvor sein Meister dorthin geführt hatte. Seit Generationen werden diese seelischen Brücken mit dem Zauber der Shakuhachi gebaut. So bleibt der Weg zum Licht für Nachkommende geöffnet. Nur wenn ein Meister keinen geeigneten Schüler findet, schließt sich der Weg und bleibt vielleicht jahrhundertelang verschlossen."

Kaito schaute Togana in die Augen. „Ist es das, was ich in deinen Augen leuchten sehe? Ist es das, was du Licht nennst?"

Togana lächelte. „Das Licht, Kaito, ist das klare Sehen. Vorher lag vieles im Zwielicht. Manches konnte man nur erahnen, anderes lag tief im Dunkel. Nun erkennst du alles und verstehst sein Wesen. Es ist ein inneres Erwachen. Hinterher weißt du, dass du geschlafen und geträumt hast. Aber solange du schläfst, weißt du es nicht. Und du verstehst meine Worte nicht, selbst wenn ich sie dir ins Ohr schreie. Deshalb hat es wenig Sinn, vom Licht zu sprechen. Wenn du es findest, verwandelt es dein Leben. Wenn du davon hörst, ist es nur ein Wort."

„Du hast gesagt, dass ich schlafe und träume", sagte Kaito. „Wie kann man schlafen, wenn man Schreiben und Lesen lernt, wenn man fühlt und nachdenkt, wenn man isst und miteinander spricht?"

„Das ist offensichtlich ganz einfach", erwiderte Togana, „weil die allermeisten Menschen es sehr gut können. Fast alle Menschen, denen man begegnet, schlafen innerlich, während sie äußerlich ihrer Arbeit oder ihrem Vergnügen nachgehen. Ihre inneren Augen sind Tag und Nacht geschlossen wie bei einem Neugeborenen. Sie tappen im Dunkeln. Und daher rührt oft ihr Unbehagen am Leben, ihre Enttäuschung, ihr Leid. Wer im Dunkeln tappt und immer wieder stolpert und auf den Bauch fällt, kann dem Leben schließlich keine Freude, keinen Sinn mehr abgewinnen. Er klagt und jammert und flucht – verflucht das Leben. Dabei ist es ein so kostbares Geschenk! Unsagbar wertvoll, wenn es sich nur zum Licht bewegen kann."

Kaito atmete Toganas Worte tief ein. Und wieder erschien es ihm wie ein Wunder, dass er in seiner Nähe leben und seinen Unterricht empfangen durfte. Er schloss die Augen. Als er sie kurz danach wieder öffnete, sah er Yinwa aus seinem Zimmer in den Garten kommen.

„He, Yinwa!", rief Togana. Yinwa winkte und ging lächelnd auf Togana und Kaito zu.

„Ist es nicht ein schöner Morgen?", sagte der Gehilfe.

„Und das schönste an ihm: Kaito bleibt bei uns. Das heißt für euch, ihr müsst euch weiter mit eurem Schreib- und Leseunterricht herumplagen."

„Ich hätte mich ohne Kaito gelangweilt", erklärte Yinwa.

„Und mir hätte der Unterricht gefehlt", ergänzte Kaito.

„Zur Feier des Tages sollten wir gemeinsam frühstücken. Darf ich euch in meine Küche zu Tee, Obst und Gebäck einladen?"

Nach dem Frühstück war Kaito in sein Zimmer gegangen, um Shakuhachi zu spielen. Togana und Yinwa saßen noch am Esstisch in der Küche.

„Der Bote brachte mir einen Brief aus Ogo", sagte Yinwa. „Ich wollte nicht im Beisein von Kaito darüber sprechen."

„Wer schreibt dir, Yinwa?"

„Mein Bruder Asumo. Er hat keine guten Nachrichten. Es geht schlimm zu in Ogo. Es gibt dort zu viele Menschen – und zu wenig Menschlichkeit. Asumo schreibt, dass Raubüberfälle und Einbrüche mittlerweile an der Tagesordnung sind. Der Fürst hat Schwierigkeiten, Herr der Lage zu werden. Und die Freundlichkeit unter den Menschen lässt immer mehr nach. Auf den Straßen überwiegen verschlossene, oft mürrische und verbitterte Gesichter. Die Menschen in Ogo scheinen das

Interesse aneinander zu verlieren, es sei denn, sie können Geschäfte miteinander machen. Geld ist der einzige Gott, an den alle glauben. Die Religion, die jeden süchtig und niemanden glücklich macht, sagt mein Bruder."

„Ja", erwiderte Togana. „Geld ist wie das Wasser des Meeres. Je mehr man davon trinkt, desto durstiger wird man. Nur das klare Quellwasser der Liebe stillt den Durst von Herz und Seele."

„Aber die Quellen der Liebe sind selten und nicht leicht zu finden", wandte Yinwa ein.

„Nein", widersprach Togana. „Liebe ist überall! Sie ist allanwesend – wie die Luft, die wir atmen. Mit unseren Augen sehen wir sie genauso wenig wie die Luft. Aber wir können sie spüren, entdecken, aus der Verborgenheit in die Mitte unseres Lebens führen. Die meisten Menschen glauben nur an das, was sie sehen. Sie glauben auch nur an das Geld, weil es die silbernen und goldenen Münzen gibt, die jeder sehen und berühren kann. Wenn der Kaiser unsichtbares Geld einführen würde, dann würde niemand mehr an die Macht des Geldes glauben. Und deshalb glaubt kaum jemand an die Liebe – sie ist unsichtbar, ungreifbar. Man kann sie nicht horten, anhäufen, verstecken. Sie ist frei wie ein Vogel am Himmel. Die Liebe ist ein Kind der Freiheit. Sie kann uns Glück, Freude, Erfüllung und neue Lebenskraft schenken, wenn wir ihre Freiheit achten. Doch sie wird Schmerz, Enttäuschung und große Traurigkeit über uns bringen, wenn wir ihre Freiheit missachten und schänden. Wenn wir den bunten Vogel der Liebe in einen Käfig sperren. Angeblich tun wir es nur, weil wir ihn so sehr lieben, dass wir den Schmerz nicht ertragen könnten, ihn davonfliegen zu sehen. Das ist aber nicht Liebe, sondern der Ausdruck unserer Angst. Damit wir sorgenfrei sein können, zerstören wir das Wesen der Liebe – das Schönste, was sie uns geben kann: Freiheit!"

Togana schüttelte den Kopf. Auf seinen Lippen spielte ein trauriges Lächeln. Schließlich fuhr er mit leiser Stimme fort: „Ich habe mich vor vielen Jahren in dieses abgelegene Haus zurückgezogen, weil ich hier nicht tagtäglich mit ansehen muss, was die Menschen unter Leben und Liebe verstehen."

„Aber sollte man den Menschen ihre Irrtümer nicht verzeihen, wenn sie aus Kurzsichtigkeit geschehen? Sie meinen vielleicht, eine sorglose Liebe in Gefangenschaft sei besser als eine unsichere Liebe in Freiheit", wandte Yinwa ein.

„Ein Vogel, der fliegt, ist immer besser als einer im Käfig", erwiderte Togana. „Denn sein Reich ist der Himmel und die Erde. Das Reich eines Käfigvogels ist ein winziger Raum hinter Gitterstäben. Und diesen winzigen Raum nennen viele Menschen Liebe, Freundschaft, Ehe, Familie."

„Ich verstehe deine Worte, Togana. Ein jeder, der tief nachdenkt, wird zu der gleichen Einsicht gelangen. Dennoch opfern die meisten Menschen das höchste Gut, die Freiheit, für ihre scheinbare Sicherheit. Sag, warum verkaufen die Menschen den größten Schatz ihres Lebens an die Illusion der Sicherheit?"

„Weil das menschliche Leben von Natur aus unsicher ist. Das macht ihnen große Angst; sie hätten es lieber vollkommen sicher. Doch das Leben ist nun einmal unwägbar – morgen schon kann es zu Ende sein. Keiner von uns ist dagegen gefeit. Sicher haben wir nur diesen gegenwärtigen Augenblick. Morgen vielleicht schon stürzen wir unglücklich und brechen uns das Genick. Oder ein Räuber schlägt uns zu hart auf den Kopf. Genauso ist es mit der Liebe. Sie kann von heute auf morgen vergehen, sterben. Doch sie kann auch lange leben, wenn wir ihre Freiheit verstehen und achten. Eins ist allerdings gewiss: Wir werden sie schnell verlieren, wenn wir versuchen, sie anzubinden und einzusperren. Wir könnten ebenso gut versuchen, Luft anzuketten. Die Liebe wird nur über unsere Dummheit lachen und zu Menschen weiterfliegen, die ihr freies Wesen besser verstehen."

„Mein Herz gibt dir Recht, Togana", sagte Yinwa. „Doch mein Verstand findet keine befriedigende Antwort auf die Frage, warum die Menschen dennoch so oft die Liebe ihrer Freiheit berauben."

„Die Antwort ist einfach", erwiderte Togana. „Die allermeisten Menschen haben große Angst vor der Freiheit. Sie reden gern von ihr, aber sie fürchten sich davor, sie zu leben. Deshalb verspüren sie auch Angst vor der Liebe, diesem schönsten und geheimnisvollsten Kind der Freiheit. Sie fürchten seine Unabhängigkeit, die Macht seines Zaubers – und seine Schönheit. Doch zugleich sehnen sie sich sehr danach. Es kommt zu einem Kampf zwischen Angst und Sehnsucht. Bei den meisten Menschen siegt die Angst. Deshalb versuchen sie, den Zaubervogel Liebe in den Käfig ihrer Angst zu locken, wo er seine magischen Federn verliert, wo er zu singen aufhört – und schließlich stirbt. Dann raufen sie sich die Haare und fragen sich verzweifelt, was sie falsch gemacht haben. Vielleicht ahnen sie es sogar. Doch beim nächsten Mal begehen sie den gleichen Fehler. Ja, Yinwa, so sind viele Menschen: zuverlässig in ihren Irrtümern, stark in ihrer Angst, beharrlich in ihrer Ahnungslosigkeit. Sie haben die Liebe bekommen – dieses göttliche Geschenk. Und sie wissen so wenig damit anzufangen. Es ist eine Schande."

Eines Tages, Monate später, saß Kaito zur Mittagszeit in seinem Zimmer, ganz vertieft ins Shakuhachi-Spiel. Inzwischen gelangen ihm schon erste leichte Versuche in der Kunst der Improvisation, die Togana als die höchste Form des Shakuhachi-Spiels ansah.

„Es gibt zwei Stufen", hatte der Meister einmal gesagt. „Die erste ist das Nachspielen, das Imitieren. Es ist im Grunde nur eine Wiederholung, ein Echo bereits geschehener Ereignisse. Diese Form eignet sich gut für den Anfänger, ist ihm vorläufig eine Hilfe, ein Halt.

Aber der Halt kann zur Fessel werden, wenn der Schüler nicht rechtzeitig auf die höhere Stufe der Musik gelangt, die Stufe der Improvisation. Das ist das Spiel aus der Stimmung des Augenblicks. Es ist die lebendigste, ausdrucksstärkste und wunderbarste Art der Musik, weil sie nur für den Augenblick lebt – und den Zuhörer in tiefe Gegenwärtigkeit versetzt. Eine improvisierte, aus dem Augenblick geborene Melodie ist etwas Einmaliges. Sie ein zweites Mal zu spielen ist unmöglich – eine verwelkte Blume kann nicht wieder aufblühen. Der Augenblick ist alles, worauf es ankommt! Seine ganze Tiefe, seinen verborgenen Zauber zu entdecken, zu erleben und mit der Shakuhachi auszudrücken: Das macht den Shakuhachi-Spieler zu einer Tür ins Licht. Das Licht fällt in die Seelen aller Menschen, die ihm lauschen. Er ruft, er spielt ihnen zu, sie sollen ihm folgen in einen Himmel, der auch in ihnen wohnt. Er rüttelt die Schlafenden auf und macht den Wachen Mut."

Kaito war begeistert von den Möglichkeiten der Improvisation, weil sie ihm völlige Freiheit beim Spiel ließen. Da konnte es geschehen, dass er alles um sich herum vergaß und die ganze Welt für ihn nur aus den magischen Klängen bestand, die er seiner Shakuhachi entlockte.

So hörte er nicht die Schritte, die sich dem Gartenhaus näherten. Als er seine Improvisation mit einem lang gezogenen, tiefen Ton beendet hatte, klopfte es leise an die Tür. Kaito zuckte zusammen, als mit diesem Geräusch die Außenwelt wieder zu ihm vordrang.

Er stand auf und schaute aus dem Fenster. Vor der Tür stand Taloko! Kaito legte die Shakuhachi beiseite, lief zur Tür und öffnete sie mit freudig klopfendem Herzen.

„Du hast sehr viel gelernt in einem halben Jahr", sagte Taloko lächelnd. „Dein Spiel hat Zauber und Tiefe."

„Wie ich mich freue, dich zu sehen, Taloko! Wie geht es dir? Komm doch rein! Setzen wir uns!", rief Kaito lachend.

„Wie es mir geht?", erwiderte Taloko. „Wie einem, der von zu Hause ausgerissen ist und jetzt wieder heimkehrt. Ich bin auf dem Weg zurück ins Kloster."

„Wie geht es Gutadeso? Warst du noch länger mit ihm zusammen?"

„Gutadeso ist vor zwei Monaten weitergezogen. Du weißt, er liebt das Meer, den Strand. Er wollte an die Küste, in einen kleinen Fischerort, wo er Freunde hat. Ich denke, es geht ihm gut. Er hat öfter von dir gesprochen, Kaito. Du lebst in ihm weiter."

„Ich denke auch immer wieder an ihn. Er ist ein guter Freund."

„Ja, das ist er", bestätigte der Mönch, „aber er hält es nie lange an einem Ort aus." Taloko senkte den Kopf. „Im Gegensatz zu mir", fuhr er fort. „Der Ort, wo ich hingehöre, ist Tintaos Kloster – das ist mir in dem halben Jahr in Ogo klargeworden. Doch lassen wir das! Es ist so schön, dich wiederzusehen! Was du in sechs Monaten gelernt hast, ist ganz erstaunlich. Ich habe lange an der Tür gestanden und dir gelauscht, bevor ich anklopfte. Wie wirst du erst in ein paar Jahren spielen!"

Noch lange saßen sie zusammen. Kaito fragte Taloko, ob vielleicht einer der Mönche aus seinem Kloster einmal nach Batago käme.

Taloko nickte. „Tensai, ein junger Mönch, stammt aus Batago. Einmal im Jahr reist er zu seiner Familie."

Kaito strahlte und reichte Taloko einen Umschlag. „Nimm diesen Brief von mir mit und gib ihn Tensai. Bitte ihn, den Brief auf seiner nächsten Reise nach Batago mitzunehmen. Er ist für Miata. Sie wohnt am Ende des Dorfes. Das letzte Haus vor dem Fluss."

Taloko steckte den Brief ein.

Schließlich war der Moment des Abschieds gekommen.

Als Taloko schon auf der Türschwelle stand, sagte Kaito leise: „Bitte spiel noch einmal auf deiner Shakuhachi!"

Taloko musste lächeln, wandte sich um und antwortete: „Ich spiele gern für dich. Wie vor einem halben Jahr am Brunnen im Klostergarten."

„Du hast mir an diesem Tag die Tür in die Welt der Shakuhachi geöffnet", sagte Kaito.

Taloko wickelte seine Bambusflöte aus und sah Kaito an. „Ich werde ein heiteres Stück spielen, weil ich mich wieder heiter fühle."

Taloko setzte seine Shakuhachi an die Lippen und spielte eine unbeschwerte, verträumte Melodie, die Kaito blühende Wiesen sehen ließ, als er die Augen schloss. Bald schwankte er zu den Klängen wie ein Baum im Wind. Er versank in dem Zauber des Spiels, ging darin auf, bis er ein Teil der Musik geworden war. Sein Körper war mit dem

Spiel verschmolzen. Eins lebte vom anderen, eins steigerte das andere. Die ganze Welt bestand nur aus Musik, aus Lächeln und Licht. War dies das Licht, von dem Togana sprach, das Kaito jetzt in sich sah und fühlte? Denn wenn er zur Musik langsam die Arme hob und sein ganzer Körper schlangengleich jeder Bewegung des Klanges folgte, war es ihm, als würde er in Licht baden, als sei plötzlich ein weißes Leuchten um seinen ganzen Körper.

„Nun ist schon über ein halbes Jahr vergangen, seit du bei uns bist", sagte Togana nach einem gemeinsamen Abendessen zu Kaito. „Ich habe mich in dieser Zeit manchmal gefragt, woher Tula, der Sterndeuter, gewusst hat, dass du der Schüler bist, auf den ich gewartet habe. Und wie er an mein verlorenes Amulett gekommen ist, das er am Tag deiner Geburt deinen Eltern gab. Aber vieles davon wird wohl für immer ein Rätsel bleiben."

„Menschen wie Tula haben Visionen, tiefe Einsichten in das Wesen der Dinge. Sie können Zusammenhänge und Notwendigkeiten erkennen, die wir mit unseren Augen nicht sehen", erwiderte Yinwa.

Togana nickte. „Er war Kaitos und mein Helfer. Es gibt solche Helfer, die plötzlich im Leben eines Menschen auftauchen, ihre Aufgabe erfüllen und wieder spurlos verschwinden. Die Hilfe, die sie anderen leisten, hilft ihnen wiederum auf ihrer eigenen Reise ans Licht weiter. Nicht wenige Menschen sind auf dieser Reise. Sie quält das düstere Labyrinth, in dem sie ihr Leben verbringen – und sie suchen die Freiheit. Es gibt zahllose Wege – aber keiner von ihnen ist leicht zu gehen. Manche Suchende ziehen sich in die Berge zurück und leben als Eremiten, um aller Geselligkeit zu entsagen und den Sinn aus sich selbst heraus zu verstehen. Andere versammeln sich in Klöstern, um im Schutz der Gemeinschaft ihren eigenen Weg leichter finden zu können."

„Wie Taloko", sagte Kaito. Togana nickte.

„Bevor er weiterzog, habe ich Taloko gebeten, noch einmal die Shakuhachi für mich zu spielen", fuhr Kaito fort. „Er spielte beschwingt und heiter, und ich bewegte mich zu seiner Musik. Dabei kam es mir so vor, als würde ich in Licht baden. Ist es das Licht, Togana, zu dem wir reisen?"

„Ja, Kaito. Jeder Mensch ist eine kleine Sonne. Jeder Mensch kann Licht ausstrahlen, wenn er durch das Labyrinth seiner Illusionen, Ängste und Irrtümer ins Freie gelangt ist. Auf diesem Weg kommt man manchmal dem Ausgang des Irrgartens nahe – und plötzlich scheint alles erhellt, klar und frei. Aber wirklich frei ist nur, wer endgültig den Weg aus dem Irrgarten gefunden hat. Und das ist das allerschwierigste. Schon manche Suchende sind dem Ausgang sehr nahe gewesen. Doch dann blendete sie das Licht der Freiheit so sehr, dass sie zu lange zögerten – und der Ausgang verschloss sich wieder."

„Wie kann er sich verschließen?", fragte Kaito.

„Das ist nun mal die Art der Tür zum Licht", erwiderte Togana schmunzelnd. „Mal steht sie offen, mal ist sie verschlossen. Das Labyrinth im Inneren der Menschen hat sehr eigenwillige Türen. Sie öffnen sich gern, wenn man ihnen den Rücken zukehrt. Und dreht man sich um, fallen sie schnell ins Schloss – als wollten sie uns ärgern. Manch einer setzt sich zehn Jahre vor eine dieser Türen und nimmt sich vor, blitzschnell durch sie zu stürzen, sobald sie sich öffnet. Er ist aufmerksam und wartet und wartet. Doch die Tür öffnet sich in den ganzen zehn Jahren kein einziges Mal. Und schließlich gibt der Suchende auf und kehrt der Tür den Rücken zu, um sich enttäuscht und müde der Mehrheit der Menschen anzuschließen, die im Dunkel umherirren und glauben, dies sei das Leben. Er dreht sich nicht mehr um, sonst würde er vielleicht zu seinem Entsetzen sehen, dass die Tür, die er aufgab, sich plötzlich geöffnet hat. Wer so lange vergeblich gewartet hat, schaut nicht zurück, wenn er weitergeht."

„Das ist ungerecht", sagte Kaito.

„Und ob es das ist", erwiderte Togana lachend. „Aber das Leben gibt seine größten Geheimnisse nicht so einfach preis. Es hat seine Schätze sehr gut versteckt und viele Fallen aufgestellt, die den Suchenden verwirren, entmutigen und von seinem Ziel abbringen. Viele Tausende begeben sich auf den Weg, doch nur ganz wenige erreichen das Ziel. Aber wer einmal den Weg ans Licht gefunden hat, kann den anderen bei ihrer Suche eine große Hilfe sein. Diese Hilfe versuche ich dir zu sein, Kaito."

„Und all die Menschen, die nicht aus dem Labyrinth finden?", fragte Kaito. „Was geschieht mit ihnen?"

„Sie halten die Dunkelheit für das Licht", erwiderte Togana, „und ihre Gefangenschaft für die Freiheit. Sie spüren manchmal tief in sich, dass ihnen etwas Wichtiges fehlt, dass irgend etwas mit ihrem Leben nicht stimmt. Doch da es den anderen Menschen ähnlich geht, denken sie schließlich, es müsse wohl so sein. Und wenn sich ihre seltsame, quälende Sehnsucht nach mehr Licht, nach mehr Freude und Einsicht wieder einstellt, senden sie sie fort wie einen unwillkommenen Gast."

Wenn Kaito wach wurde, wusste er, dass ihn morgens und nachmittags Yinwas Unterricht erwartete, der zu festen Zeiten und in vorhersehbarer Weise stattfand.

Toganas Unterricht hingegen entzog sich allen Versuchen Kaitos, eine Regelmäßigkeit darin zu finden, einen Plan, eine Richtung. Es kam vor, dass Togana dreimal am Tag Kaito Unterricht gab. Es konnten aber auch drei Tage vergehen, ohne dass Kaito mehr von Togana hatte als dessen Gegenwart beim allabendlichen Essen.

Einmal waren sogar fünf Tage so verstrichen. Da konnte Kaito schließlich nicht umhin, den Meister zu fragen: „Wann gibst du mir wieder Unterricht?"

Togana lächelte: „Ich gebe dir Unterricht, wenn der Zeitpunkt günstig ist. Wenn sich die Tür zwischen uns öffnet. Nur zu solchen Zeiten lernst du wirklich tief und nachhaltig. Nur zu solchen Zeiten lehre ich klar und fehlerfrei. Ich verstehe deine Ungeduld, Kaito. Doch solltest du die Stunden und Tage nicht mit Warten vergeuden. Nutze sie! Pflege das Shakuhachi-Spiel. Vertiefe dich in die Atem- und Haltungsübungen, die ich dir gezeigt habe. Meditiere im Garten oder spaziere im Wald. Fülle jeden Moment deines Lebens mit Wachheit, Freude und Sinn aus! Dann erübrigt sich das Warten."

Mit der Zeit gelang es Kaito immer besser, in der Gegenwart zu leben und dem Augenblick auf den Grund zu gehen. Und er lernte, dass Vergangenheit und Zukunft keine Bedeutung mehr hatten, wenn er mit Herz, Verstand und Seele ganz gegenwärtig war. Dabei war es einerlei, ob er in seinem Zimmer saß oder im Garten umherging, ob er Schreibübungen machte oder mit Yinwa scherzte. Entscheidend war, dass er alles mit ungeteilter Aufmerksamkeit tat. Wenn ihm das gelang, bekamen seine Handlungen, seine Worte und Bewegungen einen zarten inneren Glanz, den Togana mit großer Freude betrachtete.

„Oft steht vor dem eigentlichen Lernen das Verlernen", hatte der Meister einmal gesagt.

Kaito verlernte das Warten, die Ungeduld und die Erwartung. Bewusst erlebt, war jeder Tag eine Ewigkeit voller Überraschungen und Entdeckungen, voller schöner und freudiger Momente. So verlernte Kaito schließlich die Langeweile, die ihn in seinem Heimatdorf oft wie eine Krankheit des Gemüts befallen hatte.

Jetzt langweilte er sich keinen Augenblick mehr, denn alles, was er tat und erlebte, war frisch und voller Geschmack und stillte seinen Lebensdurst. Kaitos Seele hatte bei Togana und Yinwa einen Garten gefunden, in dem sie endlich frei wachsen konnte. Toganas Unterricht war ihre Sonne, die Stunden bei Yinwa waren der Regen. Und das Vertrauen in den Meister war der Himmel über ihr, der ihr am Tag Kraft und Freude schenkte und in der Nacht Stille und Geheimnis.

Togana sah, was mit Kaito geschah. Und die Freude darüber glühte in seinem Herzen. Noch nie hatte er mit solcher Befriedigung einen Schüler unterrichtet. Kaito saugte seine Lehre auf wie ein trockener Schwamm das Wasser. Kaum ein Tropfen ging verloren, kaum ein Hinweis wurde missverstanden. Während fast alle seiner früheren Schüler nur langsame, zögernde Fortschritte gemacht hatten, lernte Kaito mit einer Leichtigkeit, die Togana immer aufs Neue überraschte.

Nach einem Jahr beherrschte er die Shakuhachi schon so gut, dass Togana ihn oft lobte. Auch die innere Güte seines Spiels, die Hingabe an den Fluss der Klänge, hatte sich mit erstaunlicher Schnelligkeit entwickelt.

„Kaito entschädigt mich großzügig für alle Mühen, die ich mir mit seinen Vorgängern gemacht habe", sagte Togana einmal zu Yinwa. „Er geht drei Schritte, wo andere nur zwei und einen zurück geschafft haben."

Im dritten Jahr bei Togana stellte Kaito eines Tages fest, dass er das Träumen verlernt hatte. Dass er seine Gedanken und Gefühle nicht mehr zu verheißungsvollen, fernen Zielen der Sehnsucht auf die Reise schickte, sondern bei sich, in sich behielt. Was ihm früher in seinem Heimatdorf ein unentbehrlicher Fluchtweg aus der Eintönigkeit des Dorflebens gewesen war, hatte für ihn nun anscheinend alle Bedeutung verloren.

Im ersten Moment war Kaito darüber erschrocken. Seine Träume waren ihm immer so wichtig gewesen – und jetzt hatte er sie verloren, ohne sie zu vermissen! Doch dann erschien ihm dieser Verlust eher als ein Grund zur Freude. Denn er war der Beweis dafür, dass es ihm gelungen war, ganz in die Gegenwart einzutauchen und so sehr in ihr aufzugehen, dass er Träume und Phantasien, Zukunft und Vergangenheit einfach vergaß. Er hatte sich gesammelt, hatte seine unsteten, reisefreudigen Gedanken zu sich gerufen und gebannt. Wenn er die Shakuhachi spielte, war er mit Leib und Seele in jedem einzelnen Augenblick seines Spiels anwesend.

Togana hatte ihn gelehrt, die Shakuhachi als ein von Menschenhand bearbeitetes Teil der Natur zu empfinden. „Vergiss nie, dass du durch ein Bambusrohr bläst", hatte der Meister einmal gesagt. „Es ist der Bambus, der den Klang so einmalig, so wesentlich macht. Schwatzende Menschen werden still und lauschen, wenn sie den ersten Ton der Shakuhachi hören. Sie hat etwas vom Vollmond. Auch er macht jeden still, der ihn betrachtet. Der Bambus ist der Körper, der Klang der Shakuhachi. Viel Nützliches und Schönes wird aus dem Bambus hergestellt – doch die Shakuhachi ist sein schönstes Geschenk an uns Menschen."

Kaito kannte den Bambushain längst wie seine Westentasche. Oft saß oder lag er dort im Gras und genoss die Stille und den Frieden des Waldes. Bald liebte er den Hain mehr als Toganas Garten, obwohl er den Augen weniger Abwechslung zu bieten hatte. Doch er strahlte eine solche Frische, eine so ruhige Lebendigkeit aus, dass Kaitos Tag nicht vollendet war, wenn er nicht wenigstens einmal den Bambushain besucht und seine klare, würzige Luft geatmet hatte.

Manchmal führte Togana ihn zu dem Bach am Rand des Waldes. Einmal saßen sie schweigend nebeneinander am Ufer. Kaitos Blick folgte dem ständigen Fluss des Wassers. „Wie dieser Bach fließt – so solltest du die Shakuhachi spielen. Schau, er steht nie still, er ist in ständiger Bewegung. Ein gutes Shakuhachi-Spiel ist ihm ähnlich. Es strömt von Augenblick zu Augenblick, es ist immer im Fluss. Es folgt dem Strom höchster Klarheit, Wachheit und Hingabe. Diese Bewegung ist der Weg ans Licht. Wenn ein Meister der Shakuhachi sich so tief in sein Spiel versenkt, dass kein Unterschied mehr bleibt zwischen ihm und seiner Musik, kannst du ein zartes, magisches Licht um seinen Körper herum erkennen. Es ist das Leuchten seiner Seele, das im Spiel über die Ufer tritt. Im Dunkel oder Halbdunkel ist es leichter zu sehen als am helllichten Tag. Doch nicht jeder vermag es zu schauen – nur, wer Augen dafür hat."

Zu seinem sechzehnten Geburtstag schenkte Togana Kaito eine seiner eigenen Shakuhachis, denn Kaitos Hände waren nun so weit gewachsen, dass er mit dem größeren Instrument mühelos umgehen konnte.

„Ich habe zehn Jahre auf dieser Shakuhachi gespielt", sagte Togana. „Es steckt viel von mir in ihr. Wenn du es entdeckst, kann es dir helfen."

Kaito lernte mit wachsender Begeisterung. Je mehr er mit der Bambusflöte vertraut wurde, desto mehr gewann er sie lieb. Sie war das Zaubermittel, mit dessen Hilfe er Gefühle und Stimmungen ausdrücken konnte, für die er – trotz Yinwas hervorragendem Unterricht – niemals Worte gefunden hätte. Immer aufs Neue genoss er das befreiende, beglückende Gefühl, wenn seine innersten Regungen zu Klang wurden.

Und er begann zu verstehen, was Togana ihm mit der Shakuhachi in die Hand gegeben hatte: einen Schlüssel zur Entfaltung seines eigenen Wesens.

Während Kaitos ersten drei Jahren bei Togana waren immer wieder Shakuhachi-Spieler erschienen, um von dem Meister unterrichtet zu werden. Nun hatte es sich anscheinend herumgesprochen, dass der Meister keinen Schüler mehr aufnahm.

Togana hatte sie zumeist sehr gastfreundlich behandelt, sie zum Tee eingeladen und ihnen eine Geschichte mit auf den Weg gegeben, die sie noch lange danach beschäftigte. So gingen sie – trotz ihrer Enttäuschung – mit dem Gefühl, nicht ganz vergeblich bei Togana gewesen zu sein.

Toganas Geschichten waren manchmal ernst, manchmal lustig. Aber sie hatten alle eine Lehre in sich, und Togana verstand es immer gut zu erkennen, welcher Botschaft sein Zuhörer bedurfte. So erzählte er einem jungen Mann aus Tabaita, der einen weiten Weg gekommen war, um von Togana zu hören, dass er ihn nicht aufnehmen könne, zum Abschied die Geschichte von dem weißen Kieselstein.

„Nichts, was mir wirklich wichtig ist, gelingt in meinem Leben", sagte der Mann enttäuscht, als er Toganas Ablehnung empfangen hatte. „Ich finde keinen wirklich guten Lehrer – entweder hat er keine Zeit, oder er ist zu teuer für mich. Ich finde auch keine wirklich gute Frau. Wenn ich eine reizvolle Frau begehre, hat sie schon einen Liebsten oder zeigt mir die kalte Schulter. Und die mir schöne Augen machen, interessieren mich nicht. Warum bekomme ich nicht das, was ich will? Warum will ich nicht das, was ich bekommen kann?"

Togana atmete tief ein und sah den jungen Shakuhachi-Spieler aufmerksam an.

Dann sagte er: „Weil du nicht bist, was du bist."

Der Mann schaute Togana fragend an. „Wie meinst du das?"

„Du sagst, du findest keinen wirklich guten Meister, keine wirklich gute Frau! Du hast hohe Ansprüche, und die Wirklichkeit enttäuscht dich immer wieder. Aber wie steht es mit deiner eigenen Wirklichkeit – mit deinem persönlichen Leben? Ist es ein wirklich gutes Leben, das du führst? Und bist du ein wirklich guter Schüler für einen Meister, ein guter Mann für eine Frau? Erwarte mehr von dir selbst und weniger von anderen! Wenn du einen besseren Lehrer suchst, werde zunächst ein besserer Schüler. Begehrst du eine bessere Frau, werde erst ein besserer Mann. Lerne dich selbst kennen und lieben, und andere Menschen werden dich kennen und lieben lernen. Du musst bei dir anfangen. Dich musst du entdecken – so wie du bist. Dann ergibt sich alles weitere.

Ich möchte dir zum Abschied die Geschichte von dem weißen Kieselstein erzählen. Er lag unter Tausenden von anderen Kieselsteinen in allen Farben und Formen und Größen am Strand. Eine lange Zeit war er sich seiner selbst nicht bewusst gewesen, hatte am Tag die Wärme der Sonne in sich aufgenommen und sie an die Kühle der Nacht abgegeben.

Doch eines Tages erwachte sein Selbstbewusstsein. Und er erkannte, dass er ein annähernd runder und gänzlich weißer Kieselstein war – einer unter unzähligen. Es machte ihn sofort traurig, nur ein kleiner Teil einer riesigen Masse zu sein. Wohin der Kieselstein auch blickte, sah er nichts als Kieselsteine. Wie sehr beneidete er die Palme in seiner Nähe, deren Schatten jeden Tag eine Weile auf ihm ruhte. Sie stand allein und schön am Strand. Sie war einmalig, etwas ganz Besonderes. Und auch das Meer in seiner mächtigen Endlosigkeit, dem sprühenden Spiel seiner Brandung – war es nicht bewundernswert? In ständiger Bewegung, Ebbe und Flut erzeugend, und dennoch geheimnisvoll in sich ruhend. Und was war er dagegen? Ein unbeweglicher, kleiner, weißer Kieselstein, irgendwann an den Strand gespült und dort liegen gelassen – der Hitze der Sonne, der Kälte der Nacht preisgegeben, Regen und Sturm ausgeliefert; und nur einer unter unzähligen seiner Art.

Er war nicht einmal unter seinesgleichen etwas Besonderes. Da gab es große, schwere Steine, die so leicht kein Sturm bewegen konnte. Andere besaßen wunderschöne Farben und Muster. Und seine Traurigkeit über sich selbst wurde noch größer. Wie gern hätte er mit dem Meer getauscht, mit den Vögeln in der Luft, mit den Sternen am Himmel. Was half ihm sein erwachtes Selbstbewusstsein, wenn es ihm nur zeigte, wie klein und unbedeutend er war. Wenn er wenigstens ein paar schöne Farben hätte – oder zumindest eine feine Maserung, wie so viele Steine in seiner Nähe!

Eines Nachts wachte der Stein aus tiefem Schlaf auf. Am Himmel strahlte der Vollmond und tauchte den Strand in ein seltsames, zartes Licht.

Plötzlich hörte der weiße Kieselstein die leisen Stimmen zweier anderer Steine, deren Gespräch der Wind zu ihm trug. Als er merkte, dass sie über ihn sprachen, lauschte er aufmerksam, damit ihm kein Wort entging.

‚Schau mal, der Weiße dort. Sieht er nicht wunderschön aus im Vollmondlicht? Er ist mir noch nie aufgefallen.'

‚Er hat wohl eine Schönheit, die sich nur in einem bestimmten Licht offenbart. Gegen sein leuchtendes Weiß wirken alle anderen Steine ganz blass. Ob er weiß, wie wunderbar er anzuschauen ist?'

Am liebsten hätte der weiße Kieselstein jetzt vor Freude einen Sprung ins Meer gemacht.

‚Er liegt da wie eine große weiße Perle, eben und rund. Ich wollte, ich wäre an seiner Stelle!'

Nun drehte sich der Wind und trug die leisen Stimmen der beiden Steine in eine andere Richtung. Doch der weiße Kieselstein hatte genug gehört. Er dachte eine Weile nach und begriff plötzlich, dass es anderen Steinen genauso ging wie ihm: Auch sie sehnten sich danach, anders zu sein, als sie waren. Und gerade die beiden Steine, die so gut über ihn sprachen, hatte er wegen ihrer Größe schon oft beneidet!

Vielleicht ging es ja sogar der Palme so! Womöglich wollte sie lieber das Meer sein oder ein Stern am Himmel. Und das Meer wollte am Ende lieber das Land sein. Was mochte es nur sein, was einen so unzufrieden mit sich selbst machte, überlegte der weiße Kieselstein.

Durch einen Zufall hatte er erfahren, dass er in einem bestimmten Licht schön und wunderbar anzuschauen war. Das hätte er nie für möglich gehalten. Gab es da nicht vielleicht noch anderes Gutes an ihm, das er noch nicht entdeckt hatte? Und so versuchte der weiße Kieselstein zum ersten Mal in seinem Leben, mit sich selbst einverstanden zu sein.

Mit der Zeit fühlte er sich immer wohler in seinem glatten weißen Körper. Sicher, er war noch immer ein Stein unter unzähligen anderen, aber das störte ihn nicht mehr. Auch mit seiner Unbeweglichkeit hatte er sich abgefunden. Er lag an einem bestimmten Ort, und dort würde er immer liegen bleiben, allein von starkem Wind manchmal leicht bewegt. Da ging es ihm wie der Palme, wie dem Himmel und dem Meer. Auch sie konnten den Ort ihres Daseins nicht verlassen.

Sie waren keine Vögel. So musste es wohl sein. Er hatte verstanden. Seine Sehnsucht danach, mehr von der Welt zu sehen als diesen Strand, war endgültig überwunden.

In der nächsten Vollmondnacht ging ein Liebespaar den Strand entlang. Die junge Frau entdeckte den Kieselstein und sagte zu ihrem Freund: ‚Schau, wie schön er im Mondlicht leuchtet! Wie eine große Perle!'

Die Frau bückte sich, nahm den weißen Kieselstein in die Hand und betrachtete ihn mit freudigen, glänzenden Augen. Dann steckte sie ihn in ihre Tasche."

Auch wenn Kaito ganz in seinem neuen Leben bei Togana aufging und sich nicht vorstellen konnte, wo er lieber sein würde, musste er doch oft an Miata denken. Es war, als habe die Begegnung mit dem stummen Mädchen einen unauslöschlichen Eindruck in ihm hinterlassen. Sie lag nun schon fünf Jahre zurück, und manchmal bekam Kaito Angst, Miata könnte glauben, dass er sein Versprechen, sie zu besuchen, nicht mehr halten würde. Er hoffte, dass sein Brief angekommen war, in dem er ihr geschrieben hatte, dass er oft an sie dachte und bestimmt nach Batago zurückkommen würde. Nur wann, das vermöge er nicht zu sagen. Noch könne er den Ort nicht verlassen, an dem er jetzt lebe. Aber konnte er das wirklich nicht? Dieser Gedanke ließ Kaito keine Ruhe.

„Was würde Togana sagen, wenn ich ihn bäte, mich einen Monat reisen zu lassen?", fragte Kaito Yinwa einmal bei der Arbeit im Garten.

Yinwa schaute überrascht auf. „Ja – willst du denn reisen – und wohin?"

Kaito zuckte mit den Achseln. „Ich weiß nicht. Ich habe einem Mädchen in Batago mein Wort gegeben, sie zu besuchen. Das ist nun schon fünf Jahre her. Ich möchte nicht, dass sie denkt, ich hätte sie vergessen."

Yinwa nickte. „Ich verstehe. Hast du ihr versprochen, nach einer bestimmten Zeit zurückzukommen?"

„Nein", erwiderte Kaito. „Aber als ich es versprach, dachte ich, dass es schon bald sei. Und jetzt sind fünf Jahre vergangen!"

„Du hast mich gefragt, was Togana sagen würde", erwiderte Yinwa. „Du fragst den falschen Mann. Ich kann mich nicht in ihn hineinversetzen. Wenn er eine Entscheidung trifft, gelangt er zu ihr auf Wegen, die ich nicht kenne. Doch bevor du ihn fragst und mit deiner Frage vielleicht beunruhigst, frage dich selbst zuerst, ob du wirklich reisen willst. Bedenke, du brauchst für den Weg nach Batago mindestens zehn Tage – und noch einmal zehn Tage zurück. Wovon willst du Nahrung und Quartier bezahlen?"

„Ich habe drei Goldmünzen", antwortete Kaito.

Yinwa schüttelte den Kopf. „Ich habe kein gutes Gefühl dabei, Kaito. Du wirst nächste Woche achtzehn Jahre alt. Aus dir ist ein gut gewachsener Mann geworden, den so schnell kein Räuber aufs Kreuz legt. Aber bedenke, dass die Strauchritter meist in Rudeln kommen. Auch kommt es vor, dass sie nicht nur Gold und Silber rauben, sondern selbst Menschen. Sie werden gefesselt, geknebelt und heimlich an Bord gewisser Schiffe gebracht – und in einem anderen Land als Sklaven verkauft. Vergiss nicht, du hast das Shakuhachi-Spiel gelernt – aber nicht, wie man ein Schwert führt. Wenn du reist, bist du so gut wie wehrlos. Togana würde sich sehr um dich sorgen. Und ich auch."

Nach diesem Gespräch entschloss Kaito sich, den Gedanken an eine baldige Reise zurückzustellen. Zuviel stand diesem Plan noch im Weg. Früher oder später würde ein günstiger Zeitpunkt kommen, um sein Versprechen einzulösen. Kaito hoffte nur, dass Miata ihn dann nicht längst vergessen hatte.

Im siebten Jahr des Unterrichts spürte Togana, dass Kaito bereit war, durch die Tür ans Licht zu gehen. Sein Schüler war einen langen und nicht leichten Weg mit viel Geschick, Ausdauer und intuitiver Sicherheit gegangen. Nun konnte es jeden Augenblick geschehen, aber es mochte ebenso gut noch ein Jahr oder länger dauern. Der Durchbruch kam immer überraschend, oft gerade dann, wenn man ihn am wenigsten erwartete. Plötzlich öffnete sich die Tür für einen strahlenden Augenblick. Dann kam es darauf an, sie furchtlos, schnell und entschlossen zu durchschreiten. Auch Kaito fühlte, dass er dem Ziel seiner Reise schon sehr nahe gekommen war. Manchmal beim Shakuhachi-Spiel gelangen ihm kurze Blicke ins Freie. Und immer fühlte er sich von einer gewaltigen Freude durchflutet, auch wenn ihn dann und wann eine leichte Angst vor dem Unbekannten befiel. Was mochte ihn erwarten hinter der Tür, die ihn ins Freie entließ? War er dem Gang ins Licht wirklich gewachsen? Doch sein Vertrauen in Togana überwog alle Zweifel. Der Meister würde ihn nicht in ein neues Leben führen, wenn er nicht wusste, dass Kaito es meistern konnte.

Von Togana hatte er gelernt, dass viele Probleme durch Erwartungen entstehen, während die Lösungen sich oft völlig unerwartet einstellen. So lebte er auch in diesem siebten Jahr, ohne auf das Ereignis zu warten, das er und Togana nahen fühlten. Er wusste, es würde ihn überraschen. Er musste nur geistesgegenwärtig sein, wenn es kam. Hellwach. Es konnte überall und jederzeit geschehen. Er musste nur den Augenblick erkennen – und sofort handeln.

Eines Nachts erwachte Kaito aus einem Traum, der aber schnell vor seinem geistigen Auge verblasste. So drehte er sich um und versuchte, aufs Neue einzuschlafen. Doch je länger er lag, desto wacher wurde er. Schließlich entschloss er sich, einen Spaziergang durch den nächtlichen Bambuswald zu machen. Danach würde er sicher wieder gut schlafen können. Er stand auf, zog sich an und wickelte seine geliebte Shakuhachi, die er oft mit sich führte, ins Lederetui. Dann verließ er das Gartenhaus leise, um Yinwa nicht zu wecken.

Es war eine windstille, warme Sommernacht. Kaito atmete die Nachtluft mit tiefen, genussvollen Zügen. Er fühlte sich frisch und hellwach. Sein Blick schweifte verzaubert über die Sternenpracht am Nachthimmel und wurde gebannt von der stillen Kraft des Vollmondes und seines strahlenden Vorhofs. Welch ein Wunder war diese Welt!

Kaito zog es quer durch den Bambuswald an den Bach. Er setzte sich ans Ufer und schaute in das leise fließende Wasser, in dem sich der Mondenschein spiegelte. Kaitos Blick verschmolz mit den Bewegungen des glitzernden Wassers. Tiefer und tiefer sank sein Bewusstsein auf den Grund des Augenblicks.

So versunken in den Zauber der Nacht war Kaito, dass er nicht die Nähe von Togana wahrnahm, der zehn Schritte hinter ihm im

Gras stehen geblieben war und keinen Laut von sich gab. Eine unwiderstehliche Erregung hatte den Meister aus dem Schlaf gerissen und aus dem Haus getrieben.

Als er durch das Fenster des Gartenhauses in Kaitos Zimmer blickte und sein Bett leer fand, nickte er, als habe sich eine Ahnung bestätigt. Im Licht des Mondes war Togana, wie von einem geheimen Magneten angezogen, durch den Bambushain gegangen. Er spürte, wo er Kaito finden würde, erkannte aber auch, dass seine Nähe geheim bleiben musste. Deshalb hatte er sich am Ende möglichst geräuschlos bewegt. Und nun wurde er Zeuge, wie Kaito, den Blick immer noch auf das fließende Wasser gerichtet, nach seiner Shakuhachi griff und sie aus dem Etui wickelte.

Kaito war es in diesem Moment, als erkenne er den Sinn des ganzen Daseins in dem glitzernden Fließen des kleinen Bachs, aus dem er sieben Jahre lang täglich das lebensnotwendige Wasser geschöpft hatte. Nun war die Zeit gekommen, dem Bach für seine Freigebigkeit zu danken – mit einer Improvisation über seine Schönheit, sein funkelndes Strömen.

Langsam führte Kaito die Shakuhachi an seine Lippen und dankte dem Fluss des Wassers mit einem ebenbürtigen Fluss der Klänge. Er zeigte dem Bach sein Gesicht im Spiegel der Musik. Und der Strom des Wassers wurde eins mit dem Klang der Shakuhachi.

Togana sah den hellen, magischen Glanz um Kaitos Körper wachsen, während er atemlos seinem Flötenspiel lauschte. Und er spürte, wie die Tür sich öffnete.

Auf dem Gipfel seines Spiels schaute Kaito in ein mächtiges, weißes Licht voller Zauber und Geheimnis. Wie eine hohe Welle kam es in vollendeter Schönheit auf ihn zu, erfasste sein ganzes Wesen –

und trug ihn über alle inneren Grenzen hinaus in die Freiheit des klaren Seins.

Als sein Spiel mit einem langen, nicht enden wollenden Ton den Kreis schloss, hatte die Blüte seiner Seele sich ganz geöffnet. Jetzt spürte er die Gegenwart Toganas. Kaito wandte sich um, erhob sich und ging auf ihn zu. Und als sie sich umarmten, waren Schüler und Meister eins.

Eine Woche nach Kaitos Befreiung brachte ein Bote einen Brief für Yinwa. Seine Schwester Nitaga hatte ihn gesandt. Sie schrieb, Yinwas Bruder Asumo sei sehr krank geworden. Yinwa, der seinem Bruder sehr nahe stand, bat Togana nach dem Abendessen, ihn für einige Tage nach Ogo gehen zu lassen.

„Auf jeden Fall solltest du zu deinem Bruder gehen. Ich weiß, was er dir bedeutet – und für einen Kranken ist Liebe oft die beste Medizin. Ein guter Arzt nebenher ist aber auch nicht zu verachten."

Yinwa nickte erleichtert.

„Ich möchte Yinwa begleiten", sagte Kaito.

Togana sah ihn überrascht an. Dann begann er zu lächeln und nickte. „Natürlich. Jetzt ist für dich die Zeit gekommen, all das zu tun, was du in den letzten Jahren aufgeschoben hast. Du bist frei, Kaito – in so vieler Hinsicht. Ich lasse dich mit leichtem Herzen gehen. Der Unterricht ist beendet. Du hast die Prüfung mit Glanz bestanden: Du hast dein eigentliches Wesen erkannt."

Togana legte seine Hand auf Kaitos Schulter und sah ihn mit einem strahlenden Lächeln an: „Welche Wege du auch gehen magst –

hier ist immer ein Zuhause für dich. Ich werde keinen weiteren Schüler mehr annehmen. Das Zimmer im Gartenhaus bleibt deins. Ebenso wie das Zimmer in meinem Herzen."

Am nächsten Morgen machten sich Yinwa und Kaito auf den Weg nach Ogo. Sie erreichten die Stadt am frühen Abend und gingen geradewegs zum Haus von Yinwas Bruder.

Es stand schlecht um Asumo. Er war bleich und abgemagert, doch als Yinwa ins Zimmer kam, erhellte ein Lächeln der Freude sein Gesicht. Als er Asumo sah, hatte Kaito das sichere Gefühl, dass er wieder genesen würde; doch er sagte kein Wort davon.

Bis Mitternacht saß er mit Yinwa und Nitaga bei Asumo. Schließlich war der Kranke in einen tiefen Schlaf gefallen.

Am nächsten Morgen führte Yinwa Kaito durch die Straßen und Gassen von Ogo und das lärmende Treiben der Marktplätze. Überall gingen, standen oder saßen Menschen. Eilige bahnten sich ihren Weg, indem sie andere rücksichtslos zur Seite drückten.

Kaitos Blicke wanderten über die Gesichter. Viele wirkten bedrückt, traurig und müde, als läge das Leben wie eine Last auf ihnen. Die Augen waren oft stumpf und leer. Manche Menschen schienen innerlich zu schlafen, während sie ihren Geschäften nachgingen.

Am Ufer des Flusses, der die Stadt in zwei Hälften teilte, fanden Kaito und Yinwa einen ruhigen Platz.

„Nun, was sagst du zu Ogo?", fragte Yinwa.

„Die Stadt ist wie ein Ameisenhaufen. Und zugleich wie ein Friedhof. Ich könnte hier nicht leben", erwiderte Kaito.

Yinwa streckte seinen Arm aus. „Siehst du den weißen Palast – dort auf dem Hügel? Das ist der Sitz des Fürsten."

Kaito stand auf. „Ein prächtiges Bauwerk", sagte er. „Ich gehe einmal über die Brücke, um es mir aus der Nähe anzuschauen – und komme dann später zum Haus deines Bruders."

Yinwa nickte. „Gut. Aber wage dich nicht zu nah heran. Die Palastwache ist nicht gerade freundlich zu Fremden."

„Ich will zu Dokuno, dem Prinzen von Ogo", sagte Kaito, als die Palastwache sich ihm entgegenstellte.

Die Samurai musterten ihn misstrauisch. „Wie lange warst du nicht mehr in Ogo?", fragte ihr Anführer.

„Ich war noch nie hier."

„Das merkt man! Sonst wüsstest du, dass Dokuno seit dem Tod seines Vaters Fürst von Ogo ist. Wer bist du? Und was willst du von ihm?"

„Das möchte ich ihm selbst sagen. Mein Name ist Kaito. Dokuno gab mir ein Geheimwort, das mich als seinen Freund ausweist."

„Ja", sagte der Samurai und betrachte Kaito von Kopf bis Fuß. „Einige Freunde des Fürsten kennen es. Aber du siehst mir nicht aus wie einer von ihnen. Sage es mir leise ins Ohr!"

„Shakuhachi", flüsterte Kaito.

„Ich geleite dich zum Fürsten", erklärte der Anführer.

„Du hast dich verändert!", sagte Dokuno. „Fast hätte ich dich nicht mehr erkannt. So wird ein Junge zu einem Mann."

„Und so wird ein Prinz zu einem Fürsten", erwiderte Kaito und ließ seinen Blick in dem prachtvoll eingerichteten Saal umherschweifen. „Der Tod deines Vaters hat dich sicherlich traurig gemacht. Liegt er schon lange zurück?"

„Er starb vor einem Jahr. Mein Vater hatte eine nicht ungefährliche Leidenschaft: die Tigerjagd. Er betrieb seine Passion mit großem Wagemut, den man besser Leichtsinn nennen sollte. Er fühlte sich sicher auf der Jagd, weil ihm einmal ein alter Sterndeuter vorausgesagt hatte, dass er in seinem Bett sterben würde. Dieser Mann nannte sich Tula und hat…"

„Tula?" Kaito konnte seine Überraschung nicht verbergen. „Verzeih, dass ich dir ins Wort gefallen bin. Aber derselbe Mann hat meinen Eltern prophezeit, dass ich an meinem dreizehnten Geburtstag mein Heimatdorf verlassen werde."

Dokuno sah Kaito gespannt an. „Und behielt er Recht damit?"

Kaito nickte. „Aber bei deinem Vater hat er sich wohl getäuscht."

Dokuno blickte aus dem Fenster. Dann wandte er sich wieder Kaito zu: „Ich weiß nicht, ob er sich oder meinen Vater getäuscht hat. Manche Stunde habe ich schon darüber nachgedacht. Bisweilen erschien es mir, als habe Tula ihn in den Tod geschickt, indem er ihn in falscher Sicherheit wiegte. Vielleicht ist Tula aber auch völlig ohne Schuld an seinem Schicksal. Wer kann schon in die Seele eines Wahrsagers schauen? Ist er ein Bote des Himmels, eine Gnade für die Menschen? Oder ist er nur ein gewöhnlicher Mann mit einer außergewöhnlichen Begabung, die er benutzt, um andere zu fördern oder zu zerstören? Jedenfalls erwies sich Tulas Prophezeiung als richtig: Mein Vater starb in seinem Bett, unter den Händen der besten Ärzte der Stadt – an den Verletzungen, die ihm eine Tigerin beibrachte, deren Gefährten er getötet hatte."

Dokuno blickte ein weiteres Mal aus dem hohen Fenster auf Ogo hinunter. „Nach seinem Tode wurde ich – sein ältester Sohn – Fürst von Ogo. Ich habe mich in diesem Jahr verändert. Ich bin ernster geworden, nüchterner. Glücklicherweise stehen mir gute Berater zur Seite, sonst wäre ich längst an der Aufgabe gescheitert, vor die mich das Leben gestellt hat. Die Ausübung von Macht ist nicht so begehrenswert, wie ich es mir immer vorgestellt habe. Macht schmeckt oft bitter, und ihre Bitternis ist ein Gift, das die Lebensfreude langsam abtötet. Unsichtbare Lasten drücken auf meine Schultern. Täglich warten Pflichten, Gespräche, Beratungen, Entscheidungen auf mich. Mir bleibt kaum eine Minute zum Shakuhachi-Spiel. Du siehst, ich versinke in meiner Aufgabe. Doch genug von mir. Wie geht es dir?"

Kaito lächelte. Das Lächeln war seine Antwort, und Dokuno verstand sie. „Ich hoffe", sagte er zu Kaito, „du kommst zu mir, um mir die Gelegenheit zu geben, etwas wieder gutzumachen. Ich habe mein Versprechen nicht vergessen, das ich dir damals im Bambuswald gab. Kann ich dir helfen?"

„Schon vor längerer Zeit", erklärte Kaito, „gab ich einem Mädchen in Batago ein Versprechen, das ich nun erfüllen will. Wie lange dauert ein Ritt von hier nach Batago?"

„Drei Tage – wenn du zügig reitest", erwiderte Dokuno.

„Kannst du mir ein Pferd leihen? Ich lasse dir drei Goldmünzen als Pfand. Mehr habe ich leider nicht."

Der Fürst schüttelte energisch den Kopf. „So lässt sich meine Schuld nicht begleichen! Ich werde dir ein Pferd schenken, eins meiner besten. Kein Widerspruch, bitte. Ich bin der Fürst." Dokuno lachte. „Doch ich erwarte eine Linderung meiner Neugier von dir, bevor du gehst. Lass mich einmal deinem Shakuhachi-Spiel lauschen! Ich brenne darauf zu hören, was Togana dich gelehrt hat."
Lächelnd nahm Kaito seine Shakuhachi aus ihrer Schutzhülle. Dann schloss er die Augen und führte die Bambusflöte an seine Lippen. Als der letzte Ton verklungen war, sah Dokuno Kaito mit glänzenden Augen an. Schließlich sagte er mit veränderter Stimme: „Ich habe während deines Spiels zum ersten Mal seit langer Zeit wieder gelächelt. Bitte spiele noch ein Stück für mich!"
Kaito ließ sich ein weiteres Mal in die Klarheit des Empfindens sinken, aus der sein Spiel wie eine Quelle der Lebensfreude floss. Dokuno schloss verzaubert seine Augen. Er spürte, wie die Klänge Besitz von ihm ergriffen, in ihn einströmten und ihn mit sanfter Macht verwandelten. Als Kaitos Improvisation schließlich endete, spürte Dokuno die unsichtbare Last auf seinen Schultern nicht mehr. Langsam kam er auf Kaito zu und sagte: „Togana hat dich die Kunst des Zauberns gelehrt. Du hast die Macht, einen Menschen zu verwandeln!" Der Fürst ging noch einen Schritt auf Kaito zu und legte ihm seine Hand auf die Schulter. „Du trägst einen kostbaren Schatz in dir, der beschützt werden muss. Ich gebe dir zwei meiner besten Samurai mit auf den Weg nach Batago. Nein – wehre bitte nicht ab. Sie werden dein Leben mit ihrem verteidigen und so lange bei dir bleiben, wie du willst. Wenn du ihre Dienste nicht mehr in Anspruch nehmen willst, sende sie zurück zu mir."

Kaito nickte. „Ich danke dir für deinen Großmut. Sag, Dokuno, gibt es einen weisen Arzt in deinem Palast? Nicht nur einen Arzt des Leibes, sondern auch der Seele?"

„Ja", erwiderte der Herrscher. „Daitaro gilt als ein Arzt, der die Zusammenhänge zwischen leiblichen und seelischen Krankheiten erforscht hat und ihr geheimes Zusammenwirken kennt."

„Kann ich mit ihm sprechen? Ich habe einen Plan und möchte seine Meinung dazu hören."

Dokuno nickte. „Ich führe dich gern zu ihm."

„Ich danke dir für deine Hilfsbereitschaft. Du hast doch sicher eine Theatergruppe an deinem Hof?"

„O ja. Und eine sehr gute", versicherte der Fürst. „Interessierst du dich für das Theaterspiel?"

Kaito verneinte. „Nur für die Kostüme und die Masken."

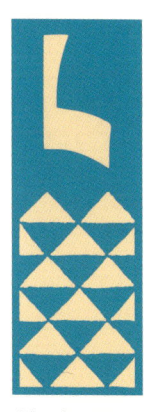

Lado saß müßig vor seiner Wirtsstube, als sein Blick auf drei Reiter fiel, die sich Batago näherten. Zwei von ihnen schienen Samurai zu sein. Unweit vom Ortsrand zügelten die Fremden ihre Pferde und sprachen miteinander. Es schien, als würden sie sich verabschieden. Und tatsächlich ritten die beiden Samurai in dieselbe Richtung zurück, aus der sie gekommen waren, während der dritte Mann auf Lados Gasthaus zuhielt. Lado beobachtete ihn aufmerksam. Etwas an ihm kam ihm bekannt vor, als habe er ihn schon einmal gesehen.

Als der Reiter abstieg und sein Pferd anband, verstärkte sich Lados Eindruck.

Der junge Mann ging auf den Wirt zu und lächelte ihn an. An diesem Lächeln erkannte Lado ihn wieder. „Kaito!", rief er und strahlte übers ganze Gesicht.

„Psst, Lado! Niemand darf wissen, dass ich da bin. Lass uns ins Haus gehen. Dort können wir unser Wiedersehen feiern!"

Lado schüttelte verwundert den Kopf, doch seine Augen lachten. „Kaito! Wozu diese Geheimniskrämerei? Was hast du im Sinn?"

„Lass uns hineingehen, Lado! Ich werde dir alles erklären. Ich hole nur die Ledertasche vom Pferd. Da ist alles drin, was ich brauche."

„Wofür um Himmels willen? Wofür brauchst du was?"

„Hoffentlich gelingt es", sagte Kaito leise.

Miata hatte den ganzen Morgen bei der Reisernte auf den Feldern ausgeholfen und war in der Mittagszeit nach Hause gegangen. Erschöpft von der Arbeit in der heißen Sonne hatte sie sich auf ihr Bett gelegt und war in einen Schlaf gefallen, aus dem sie wunderschöne Klänge weckten, die durchs offene Fenster zu kommen schienen. Miata stand auf und sah hinaus.

Am Flussufer, einen Steinwurf von ihr entfernt, stand eine weiß gekleidete Gestalt und spielte auf einer Shakuhachi. Ihre weiten Kleider flatterten im leichten Wind. Über Augen und Stirn trug sie eine bunte Maske. Miata fühlte ihr Herz im Hals klopfen. Noch nie hatte sie ein so schönes Flötenspiel gehört. Je länger sie ihm lauschte, desto drängender wurde ihr Wunsch, diese wundervollen Klänge aus der Nähe aufzunehmen. Und schließlich ging sie aus dem Haus, auf die anmutige, weiße Gestalt mit der bunten Maske zu. Sie lächelte. Die Musik hatte ihr alle Scheu, alle Angst vor dem fremden Shakuhachi-Spieler genommen.

Erst wenige Schritte vor ihm blieb sie stehen. Sie sah die Augen des Mannes durch die Öffnungen seiner Maske aus farbenfrohen Vogelfedern, die sein Gesicht halb verdeckte. Sein Blick flößte ihr Vertrauen ein. Je länger der Fremde spielte, desto schöner wurde Miatas Lächeln. Seine Musik war wie einer ihrer Träume, in denen sie wieder sprechen und lachen konnte, bis sie erneut in ihr verstummtes Leben zurückerwachte.

Miata schloss die Augen. Ihr Körper bewegte sich sanft zu den Wellen der Shakuhachi-Klänge. Sie lauschte mit allen Fasern ihres Wesens und spürte voller Freude, wie etwas tief in ihr zu neuem Leben erwachte. Gebannt von dem Zauber des Flötenspiels stand sie jenseits der Zeit.

Als der magische Fluss der Klänge in eine leuchtende Stille mündete, die ihr ganzes Wesen erfüllte und erhellte, öffnete Miata ihre Augen, in denen Freudentränen glänzten. Mit einer zarten Geste ihrer Hand bat sie den Fremden, seine Maske abzunehmen. Er ging zwei Schritte auf sie zu – und stand vor ihr. Dann zog er die Maske von seinem Gesicht.

Miata erkannte ihn sofort. Ihre Augen weiteten sich in maßloser Überraschung. Unsagbare Freude nahm sie bei der Hand und führte sie über eine Schwelle, vor der sie jahrelang wie erstarrt gestanden hatte.

Und sie sagte: „Kaito!"

Neue Gedichte aus der Herzensmitte
und kleine Überraschungen von Hans Kruppa

Nur Du. Liebesgedichte. ISBN 3-451-27279-2
Deinen Zauber spüren. ISBN 3-451-26317-3
Komm, laß uns fliegen. ISBN 3-451-26429-3
Sternschnuppen. ISBN 3-451-26588-5
Wegweiser zur Freude. ISBN 3-451-27161-3
Wegweiser zum Glück. ISBN 3-451-26940-6
Wegweiser zum Leben. ISBN 3-451-27160-5
Wegweiser zur Liebe. ISBN 3-451-26941-4
Wunschzettel an den Augenblick. ISBN 3-451-26695-4
Wunschzettel ans Glück. ISBN 3-451-26318-1
Wunschzettel ans Leben. ISBN 3-451-26428-5
Wunschzettel an die Liebe. ISBN 3-451-26587-7
Amanda und das Zauberbuch. ISBN 3-451-27162-1

HANS KRUPPA
wurde 1952 in Marl geboren. Er studierte Anglistik und Sport in Freiburg und lebt seit 1981 als freier Schriftsteller in Bremen. Von der Kritik hochgelobt, sind seine Gedichte und Erzählungen in mehr als einer Million Büchern verbreitet. „Er vermittelt durch seine Arbeiten Hoffnung, Lebensbewältigung, Kraft. Und das macht ihn so wichtig", urteilt beispielsweise die „Passauer Neue Presse" über ihn.

Mehr Informationen über den Autor im Internet: www.hans-kruppa.de

Alle Rechte vorbehalten – Printed in Italy
© an dem Text by Hans Kruppa 2000
© für diese Ausgabe Verlag Herder Freiburg im Breisgau 2000
Satz: Layoutsatz Kendlinger
Herstellung: L.E.G.O. Olivotto S.p.A., Vicenza 2000
ISBN 3-451-27400-0